U0576266

NEW FORCES
OF LITERATURE

文艺
新实力

在这疾驰的人间

王加兵 著

浙江工商大学出版社

·杭州·

图书在版编目(CIP)数据

在这疾驰的人间 / 王加兵著. — 杭州 : 浙江工商大学出版社，2023.6

ISBN 978-7-5178-5425-8

Ⅰ. ①在… Ⅱ. ①王… Ⅲ. ①散文－中国－当代 Ⅳ. ①I267

中国国家版本馆 CIP 数据核字(2023)第 059195 号

在这疾驰的人间
ZAI ZHE JICHI DE RENJIAN

王加兵 著

出 品 人	郑英龙
策划编辑	沈　娴
责任编辑	费一琛
责任校对	夏湘娣
封面设计	观止堂_未氓
责任印制	包建辉
出版发行	浙江工商大学出版社
	（杭州市教工路 198 号　邮政编码 310012）
	（E-mail：zjgsupress@163.com）
	（网址：http://www.zjgsupress.com）
	电话：0571-88904980，88831806（传真）
排　　版	杭州朝曦图文设计有限公司
印　　刷	杭州钱江彩色印务有限公司
开　　本	787mm×1092mm　1/32
印　　张	9.5
字　　数	152 千
版 印 次	2023 年 6 月第 1 版　2023 年 6 月第 1 次印刷
书　　号	ISBN 978-7-5178-5425-8
定　　价	68.00 元

作者简介

王加兵

安徽全椒人,现居浙江嘉兴,浙江省作家协会会员。在《延河》《芒种》《散文选刊》《中国校园文学》《浙江散文》《浙江作家》等刊物上发表作品数篇。著有散文集《襄河》《风在摇它的叶子》《我喜欢你是寂静的:南湖四时生活手记》。

自　序

春，一如既往，隆重而盛大。

一粒种子丢进春天里，种子不会丢失。三月的风殷勤，会翻出一件件灿烂的花事。脆弱的生命藏在春天里，生命不会丢失。只要有人记起，就永远不曾离去。生亦何欢，死亦何惧，不悲不喜，生死如一。这些都是土地的智慧。田野上的父亲坦然面对生死。每天，每季，每年，都在看着动植物们生，或是死。生死那么容易，而又那么艰难。种田的人一辈子都在研究生命哲学，向土地讨教生，向自然问询死。土地有伦理，生存有智慧。而尚在萌动年纪的朵儿，如一朵云、一朵棉、一朵水花，轻软却让人倍感沉重，让人遐思。世界病了，我的朵儿是好的。

庚子年,辛丑年,壬寅年。朵儿,笑语盈盈,让人欢欣鼓舞。父亲,疾病缠身,让他苦不堪言。故园乡村,灰飞烟灭,让人倍感人生如寄。破旧的村庄迟早要重建(现实只是拆迁),衰老的人生早晚要结束(现实是草草收场)。生活不曾静好,现世也不再安稳。我执意赞美生命美丽,其实只是悲欣交集的叙写。我没有理由鄙弃乡野,我的亲人留在土里,我的灵感源自乡野。我生于那片土地,终老也要肥沃那片土地。但我无能为力,只能把一颗土黄色的心变成文字,埋进土地,等待风暖雨润时,发出一朵、两朵紫红的野豌豆花,点缀故园的春天。

江山远,烟雨遥。家在江北,而我住在江南。回江北的家,要过长江。回江南的家,也要过长江。每到长江大桥那儿,我总听见扑通一声,是心落进水里的声音。渡江,渡江,我疾驰的人生总有这么一条大江横隔。记忆像铁轨一样漫长,记忆像江河一样远逝,如烟似梦,如临大敌。

"欲持一瓢酒,远慰风雨夕。落叶满空山,何处寻行迹?"梦回惊起,如在深渊。在这疾驰的人间,执于一念,终究受困于一念;而一念放下,又何曾自在于心间?

不能永生,只能渴望明亮的生命能丰富一些,长久一点。

　　父亲在医院。立春，端午，大暑，白露，霜降，升白针，氨基酸，维生素 B_6，唑来膦酸，帕瑞昔布钠。朵儿在鸳湖。翠鸟，斑鸠，四喜，乌鸫，灰鹭，蜡梅，樱花，二月兰，火棘果，乌桕树。我的父亲。我的朵儿。行云无迹，各自安守。

　　人间疾驰，荣枯勿念。

　　春雨落下，尘世寂静。

　　是以为序。

目　录

栏目一　七月,野蛮

七月,野蛮 / 003

月亮是村庄的眼 / 009

一叶草梦 / 014

看麦娘 / 021

没有叶子的季节 / 028

褐色鸟群 / 035

村庄逃离 / 043

白鹭自清晨起飞 / 052

经过草火的月光也经过我 / 058

太阳陪我走了一上午 / 065

当我和父亲谈论春树时 / 070

野性不改 / 075

四月像蓝天低垂 / 083

栏目二 在这疾驰的人间

在这疾驰的人间 / 101

父亲还在田埂上 / 113

树没有叶子,风就数落它 / 119

姐说,天冷了 / 124

人老一身骨 / 129

年关 / 133

风言,你是异乡人 / 138

白鹭栖在香蒲上 / 142

越走越远的事实 / 153

下弦月,一颗孤独的星 / 167

低头走路,我会想起父亲 / 172

十里以外是母亲 / 177

一只叫麦子的狗 / 182

许多烟囱张口不说话 / 187

土地上的事情 / 194

山河缓慢 / 201

栏目三　世界病了，我的朵儿是好的

世界病了，我的朵儿是好的 / 211

二月兰 / 215

谁在嗯哼喔呃呀 / 220

婴儿与樱桃都是春天的孩子 / 225

风寒紧，春尚远 / 230

捡树叶的小女孩 / 234

雨在大地重逢 / 240

三月，风翻出一件花事 / 245

南湖天地有朵甜 / 249

路在路中央 / 254

云没长脚，是风背着它在跑 / 260

八月没有奇迹 / 264

灵气之物来自田野 / 268

一棵落雪的树 / 273

天狗吃剩下的月亮 / 279

而春天的孩子依旧青嫩 / 283

栏目一 七月,野蛮

七月，野蛮

七月，水深，火热。乡村野蛮。

我赶在年中，搭沪汉高铁，回空荡的家园。我在生疏的旷野上寻到七十岁的父亲和他浸在雨水里的菜园。父亲退守巴掌大的三亩地和只有几垄菜蔬的可怜园子，一个人早晚地"翻阅"。今年雨水多，午季的麦子不曾成年就倒伏腐烂，赤霉病像是瘟疫，啮噬了父亲挣扎的热望。今年雨水多，一垄稀稀拉拉的瓜秧，经受不住哗啦啦雨水的流淌，歪斜翻卷，一个毛茸茸的瓜蛋儿也不曾产下。

"今年回来，没瓜给你吃了。"老天不开眼，黑黑的父亲扶着黑黑的铁锹，苦水同雨水一样多。

浸泡太久的菜垄已荒废。支撑春天的竹架嶙峋，攀爬了一季的藤蔓稀零垂落。豇豆细长，丝瓜枯黄，那些曾经硕大饱满的叶瓣也无力滋养膝下的儿孙。密实的草丛裹挟着十几株披头散发的番茄秧、辣椒秧，没有酸甜的红，也没有火辣的青。紫茄，瘦得可怜。空心菜，营养不良。根若腐了，再大的架势也只是水做的排场。汗涔涔的父亲，蹲在草丛里，一把一把地揪，毛茸茸的狗尾草，死缠烂打的虱子草，节外生枝的鸭跖草，父亲像对待仇人似的，将其连根带土扔到遥远的田埂上。"滚远点，晒死你。"菜园的沟渠里，还匍匐缠绕着嫩黄的野慈姑。箭镞一样的叶片招摇，不知羞耻的小白花点缀。细长的蒲草也不知从哪儿溜来凑热闹，举着火腿肠一样褐红的水蜡烛，在烈日下刺人眼目。

"野苋菜，野黄豆，连过去棉地里才有的蚂蚁菜也找上门来。"失了耐心的父亲挥舞着铁锹，在翻种了几十年的菜园里撒野。春天播撒的希望，在雨季疯狂成野蛮的生长。其实上门索债的还有贼似的灰兔，嗒嗒叫个没完的喜鹊，它们要么趁着夜色啃啮娇嫩的新豆苗，要么光天化日里糟蹋刚刚吐穗的青玉米。

早年我在家时，父亲是个拥有二十亩地的主子。我们姐弟听他的，庄稼听他的，野蛮的杂草也听他的。那时乡村欢腾，牛羊多，鸡鸭多，男女老少也多。那时田地干净，牛羊挨着田埂仔仔细细地啃，孩子挎着草筐寻宝一样地割。父亲和母亲围着麦田、稻田、棉田站岗巡逻，不亲手拔掉几棵披着倒刺的老母猪草，不揪出一把混进秧田的三棱草、稗子草，就没脸回家悠然地吃饭。傍晚，我带着草筐满载而归，父亲的肩头也有沉沉一担稗子草。牛羊高兴，我们一家也开心。那时，乡间地头都是人，野蛮的草儿没脾气，识相地都躲了。后来，牛没了，人没了，草儿们自然亢奋。野兔、喜鹊，也闹腾。

而今，村里年轻的我们都走了，留下寂寞的老父亲和一片空旷的田地。

父亲邀我看他的三亩田。其他田都流转给了种粮大户，父亲只留祖坟池塘边的这一块。他的水稻乌青，他的鱼塘清亮。"大户们指望机械，乌七八糟，毁了许多人家的粮田。"父亲养育孩子似的，耘田，开沟，灌水，插秧，除草，施肥，都得自己动手。父亲说，这是祖上的田，要好好伺候，不能转。

像父亲一样留守的老人，终究斗不过肆意的乡野。你看，那些无人问津的田垄小径，正簇拥着自然生长的奇迹。妖艳的红蓼一枝独秀，紫红的细叶灯笼草，洁白的马兰菊都不足与它媲美。初来乍到的鸡眼草，虽娇小脆弱，也躲在一

角,绽放着红白相间的自信。细嫩的水蚂蚁菜,小心翼翼地
挑着几点白花,试探着邻舍的心思。野茄子不像酸浆果,它
坦坦荡荡,不包不裹,敞着肚皮,晒着这七月热情四溢的太
阳。车前、野麦、牛筋草、狗尾草、臭蓝麻,不论卑躬屈膝地
跪着还是挺立得气宇轩昂,都各得其所地活着。它们活得
有名有姓,偶尔还有益于他人。修长的是栅刺,绿叶遮掩
下,藏着一颗带刺的心。提防谁呢,大家都是求生的弱者。

"大(dà),以前我们小孩拿来揉头发玩的那种带钩刺的种
子,还有吗?"我想起了那种在乡下被称为刺毛球的苍耳子。

"少了,白茅蒿子太多。"

"野麻呢?"

"祖坟上有不少,都是自生自灭的。"

父亲领我去坟地上看野苘麻。坟地土瘦,青蒿茅草却
旺。饥瘦的野苘麻高高低低一大片,心形的叶瓣,细软的茸
毛,枝头挑着几朵菜花黄的蕾,半球形的蒴果,像齿轮。"砍
回家,放湾塘里沤,再剥麻,搓麻绳,结实得很。"儿时,阴雨
天,我跟父亲学搓绳,吐唾沫,捋细麻,搁大腿上捻,断断续
续的闲暇能编织成一段绵长结实的记忆。毛茸茸的野苘
麻,在我梦里一直长着柔软的叶,能搓成结实的绳。只可惜
现在都用尼龙绳,没人搓麻绳了。

田埂上野蛮的草越来越多，说不上名字的，父亲就加个"野"字，野葡萄、野苋菜、野西瓜、野黄豆、野慈姑、野萝卜、野茭瓜、野蜡烛、野麦子、野稻子、野蓖麻、野菊花……也许它们是被农人放逐的，也许它们才是田野的主人。田里耕种的，哪样不是从野生驯化培育过来的？

雨后的村庄野了，到处都发泄着生命的呼叫。野猫、野狗、野猪、野鸡、野鸭、野兔，欢腾在村庄的四周，蹿着嚷着。一向安详温顺的喜鹊，把像拳头一样大的家高调地安在高压线塔架上，整天嗒嗒嗒地盘旋，一面渴望城市流淌的能量，一面觊觎父亲可怜的几株玉米。雄蝉聒噪，从黑暗的泥土里爬上树梢，十几年，只为这一季的呐喊。唧唧，咕咕，呱呱，空旷的田野，一直喧闹。丑丑的土田鸡不去捉虫填肚皮，野孩子一样四处游荡。老实的水蛇在蒲草间忸怩作态，也许是新学了一种华丽的泳姿。蜘蛛与野柘树肯定有某种默契，那张疏而不漏的天网拦在乡野的路上，痴想网一只梦游的野猫，或是替父亲追捕那群啃咬豆苗的野兔。

七月的田野蒸腾着生命的热浪。脆弱的生命喜爱簇拥在一起生长，只为一季顺利的绽放，只为生的默默繁衍。等花期过了，草籽膨胀起对秋的向往，野兔也有了过冬的口粮。

父亲领我到祖坟边的野柘树下乘凉。那把铁锹是他寂寞的伴儿。醒了，扛起去大干一场；累了，放倒坐在柄上。我俩一人坐一头。"你看这坟地，半月不清理，就荒成这样。"南面不远处，有隆隆的沪汉高铁呼啸而过，载着谁家的孩子往返穿梭。"伢子们也野了，都在外面疯。"父亲守着这片土，不舍。眼前荒凉处，寂静的坟茔拥挤，里面沉睡的都是自家的人。

黑黑的父亲不愿随我出门。老人家怕祖坟荒了，怕三亩田被糟蹋了。回家的几天，我见他总扛着黑亮的铁锹，蹚过晨间的露珠，去野蛮的乡野，看那一径淌水的翠绿，听那一树激昂的蝉鸣。

七月很短，生命不长，乡村总依着自己的方式野蛮滋长。

月亮是村庄的眼

八月的村庄,没什么可堆放的,只好堆几朵积雨云。一朵一朵地堆,高过村外灰白的白杨林,高过铁路边入云的移动通信塔。待傍晚那班隆隆的高铁飞驰而过,哗的一声,云垛就塌了。前一秒太阳,后一秒雨点,然后天空就干净了,湿润,清爽,蓝汪汪的。

干净的乡野漫溢着草木的香,青蒿的,莲花的,水菖蒲的,像水汽一样湿,像月光一样凉。水稻正拔穗扬花。过了傍晚时分,看不见细白的花蕊"晾花信",但闭上眼,随微风起伏的稻田间,一朵白花正孕育一粒香米,一滴雨珠将润泽一季好梦。

干净了,月亮就来了。村庄把整个天空献给月亮,附带各家串风的前门与后窗。人的村庄是平面的,门户与心扉无阴影地敞开。月亮高高在上,在头顶之上,在乡野之上。雨后的月亮,水灵灵的,白而且嫩。月亮是村庄清澈的眼,她的目光随意进出,把村庄照得清清白白。

村庄的腿不追赶时间,月亮一来,夜就到了。夜来得早,村人的梦也开始得早。乡里夜长,村人梦多,个个饱满,把夜空撑得鼓鼓的。人在月色里是羞怯的,鸟雀也一样,蜷缩着柔软的身体,栖在月亮的梦影里。干净的夜晚,魂驰梦想,再勤劳的村人也不愿从梦里醒来。加班是城里人发明的词。夜晚的白猫抓不抓老鼠,夜晚的水稻收不收浆,都与他们无关。村人用一个火热的白天侍弄田地,月亮补偿他们一个清凉的夜梦。

而田野的梦是生长。八月的荷尔蒙正旺,稻穗挺举青春的旗帜,棉铃暴露青涩的肚皮,虫子们疯狂地爱恋鸣叫。加肥,加水,加餐,为孕育,大家正加油。虫子们一夜无眠,守着低矮的草丛唱,沙沙,吱吱,良辰美景,去赴月光之约,去喊破喉咙,去寻一场绚烂的生死之恋。月亮不会收走草尖上的露珠,露珠是她馈赠给虫子们恋爱的礼物。

月亮是村庄的眼,她要守护村庄的大梦,还要照亮乡野疯狂的滋长,像八月的奶奶,摇蒲扇,拍蚊虫,慈怜地看护乡野之上的孩子。夜路上，月亮歪着头，浅浅地笑，俯身把整片乡野都揽入怀中。芸芸众生，都是月亮的孩子。村庄的孩子太多，有的在做梦，有的已入土。月亮的身后有许多亮闪闪的眼张望着，一颗、两颗、三颗……谁也数不尽。村庄深蓝色的夜空为什么缀着那么多的星？奶奶说，村里人的祖先都住在星星上。月亮看着人间，也照亮老去的路。

有风从南边杨树林悄悄地来。哗哗，哗哗，一片叶拍响另一片叶，一棵树推醒另一棵树。村外无人，杨树一家在月亮的目光里乘凉，乐呵呵的。斑鸠、田鸡、土狗、蛐蛐、癞蛤蟆、黄鼠狼，人模人样地赶着夜色，去自己喜欢的池塘、稻田、土墙、沟渠，各赶各的夜场。唧唧，咕咕，呱呱，嚯嚯，吱吱，会开口的，没见闲着。土狗在花生地里啦啦啦地拉提琴、哼小调，乐此不疲地挖洞、吃嫩草。土狗不是狗，它土，且丑陋。沟渠里的癞蛤蟆总是自卑，哇，哇，哇，想趾高气扬地呱呱叫几嗓，吐出的竟然是"青蛙"的"蛙"。卑微的长相，长期啮咬着一只蛤蟆羞涩的心。月光之下，大家都是这个村庄的住户，做梦的做梦，发声的发声。猫头鹰清高，离群索居，飘忽无声，自诩是村庄的精灵。可一张嘴，像哭又像笑，吓得小伙伴们东躲西藏，公推它做黑暗的幽灵。还是童稚的萤火虫好，闪着荧光，慢悠悠地飞，闲逸地游走在童话的世界。村庄的夜空不空，风忙碌着，在其中穿梭。

乡野本没有路，走的人多了，就成了人路；走的牛多了，就成了牛路。更多时候是草走的草路。农忙时，路是人的。农闲了，路是草的。车前、白茅、益母、青蒿、红蓼、牛筋草，都长腿会走路。它们的腿潜伏在潮湿的土里，躲过村人粗糙的脚板，趁着夜色，收复自己的领地。月亮不只照亮父亲的三亩田，田野也不只为父亲一辈子的劳作而滋长。白鹭清高自守，守着父亲的稻田，捕鱼虾，捉青虫。麻雀、喜鹊，比父亲更勤快，飞在镰刀的前面，一粒一粒地搬运自己的谷子。父亲的秋收过后，田地依旧丰盈。落地的稻谷要发芽，枯黄的稻茬又返青。村里的黄狗、黑狗都叫草狗，它们在秋后枯黄的稻茬地里赛跑、跳跃，无缘无故地恋爱。

月亮看得见，田地不只是人的。父亲在稻田薅草，水在稻田流淌，虫子们在稻田齐声合唱。父亲收割香糯的粳米，虫子收割绿色的爱情。

月亮不进城，城的灯火足够亮，红的，绿的，紫的，黄的，粉的。城的楼房足够高，十楼，二十楼，三十楼。露台紧锁，窗扉紧闭，城里人说，那背后有不容窥视的隐私。月亮假装看不见城市那遮遮掩掩的不眠夜。人世的孤寂不在乡野，而在人群。月亮不参与变革，她只管将喧闹的世界融入深邃辽阔的平静。

黑黑的男人,皮肤里藏着灼烧的太阳;黑黑的女人,梦里有弯水波荡漾的月亮。我们的双腿拒绝土地时,我们的目光抛弃乡村时,记着摸摸自己的胃,我们何曾离开过它们? 没有荒芜的田野,只有荒凉的村庄。老迈的村庄,早已失去血色,因有月光的映照,才完整地拥有了土地。

隆隆隆,又一列从城市穿越村庄的高铁,正击碎一抹盈盈的白月光。我朝寂静的田野唱"月亮出来亮汪汪亮汪汪——",我无意再吓唬它们,只想用人的方式唱快乐的歌。走夜路,本可以像虫子一样放声歌唱。而身边的池塘,哗啦啦地,水花四溅,几只野鸭夺路逃窜。在我短暂的惊讶中,空旷里在酝酿着热烈的嘲笑。起初是聒噪的蛙,接着是蝈蝈,然后是半睡半醒的斑鸠,哇,嚯,咕,三更半夜的,不去人的梦里躺着,跑这虫草的世界里卖弄。它们的嘲笑,我假装没听见。撩起短裤,哗哗哗,下了一场月光雨。在田野上撒尿,是件恣意挥洒的事。而蚊子不乐意,嗅着人臭味直刺过来。夜晚是它们的,我不该从村庄的夜梦里醒来,莫名地闯入。

月亮睁着眼,都看见了,没说话,只露着白牙浅浅地笑。

一叶草梦

　　秋夜长,冷梦多,多是些痒痒的虚像。那夜,我没有准备地成了一条青绿的虫。迷迷糊糊中,这软软的青虫抱着父亲稻田里的一片嫩叶,嚼它,睡它,摇它,美滋滋的。家里的黑子与我一道上田埂,它一会儿低头啃草,一会儿哞哞地叫。它笑我没出息,变成很丑的稻苞虫,还死皮赖脸地黏着自家的地。黑子很想踏进稻田,用蹄捅醒我,又怕糟蹋父亲的稻子,回家吃棍子。

　　一只青绿的稻苞虫,吐丝,缀叶,做苞。我如婴儿般枕着一片鲜嫩的稻叶,蠕动着酥软的身体,睡出一季透着稻草香的黄粱梦。阡陌纵横,油画一般,绿风里孕育着抽穗扬花的甜蜜。一只醉在稻花香里的虫子,揽过光滑的茎叶,摇着露水度光阴,安闲得像盛唐的贵妇。毛脸蜘蛛的活计夸张,摆下龙门大阵,钻营的只是养家糊口的柴米油盐。夏蝉自命清高,把自己包装得仙风道骨。做一只肥肥的稻苞虫,或是丑点的稻飞虱都没关系,吃它,睡它,任蛙鸣鸟叫,斗转星移。抱着一片稻叶,吃饱喝足,静候谷穗饱满时,羽化翩飞。

结果一阵荒野的旋风,蔓延着蓝色的火,燃遍了父亲的稻田,连同我蠕动的秋梦。

在清凉的村夜醒来,轻风摇叶,秋虫低吟,露水在村民均匀的呼吸中汇聚。三十多年前的昏沉时光,没来由地随风潜入我这一叶草梦。

村口吱吱呀呀的土场上,黑子流着白沫,气喘吁吁地躲进榆荫里,继续吃甜丝丝的青黄稻草。石碾滚烫,也在一边凉凉地歇着。黝黑的哥,赤膊扎在秋阳里,袒露着谷堆一样隆起的曲线。扬谷子,哥倚靠蔚蓝的秋风。他挥舞两米长的锨板,铲,抛,侧着风,将谷子撒成圆润的扇形。灰尘、粉末、谷粒,都是乖孩子,听从哥的指挥安置,各去各的队伍。我爱钻进哥扬起的谷子雨里,酥酥痒痒,粒粒谷子都有汗水咸咸的滋味。粉碎的稻草末枯黄,虽失了水的润泽,但多了阳光的温热与田野清淡的谷香味儿。十七八岁的哥铲起满满一锨板谷子,逆着风高高地抛起,像个造型艺术家,给我的青春勾勒出粗放舒展的美学线条。

　　结果一阵撒泼的西风，掀翻了我那叶被蚕食掏空的温床。叶黄茎枯，有烈火燎原，焦黑的稻田，灰暗得只剩下一茬梦的遗骸。我睁开眼，有恶鸟在冷月里惊飞，雾霭弥漫，到处都是焦煳的稻草味儿。

　　远远地，村庄乡野的男人女人们喧腾着抢场。父亲在，母亲也在。东南面闪电滚动，暴雨恶狠狠地卷来。村集体的粮草都在这片泥场上，稻子不抢，会随波逐流，被挟持到无望的河里；稻草不堆，全队饥肠辘辘的牛儿，就没法熬过数九寒冬。女人们都是小跑的主妇，风里雨里，推扫，覆盖。男人们急红了眼，赤脚赤膊，挥舞铁叉，推举那屋檐高的草垛。集体的活儿，队长说，王家的，李家的，冯家的，不分谁家的。四十年前，刚成家的小叔二十四岁，比家里的黑牛还硬实。黑风起了，高耸的草垛危如累卵。五六个年轻人脚踩身压，用一叉叉膨胀的稻草层层叠加。有血红的闪电在村头撕咬，有煞白的雨点噼里啪啦。砸下来的风暴狰狞，咆哮着撕扯女人的谷堆、男人的草垛。用血汗浇灌的稻谷，泪水一样流淌在泥泞的土场上。金黄的稻草入了魔障，翻卷裹挟，变成恶魔凌乱的须发。叔他们，吃白米饭，喝大曲酒，攒了几十年的气力，被一簇赤黑的火焰瞬间掏空了。那年

的秋收是一次全线溃败的战斗,进场的谷子流走了,起垛的
稻草霉黑了。电闪雷鸣时,挥舞铁叉屹立在草垛高处的小
叔他们,像纤细的稻草,只一刹那的闪耀,血肉之躯就悄然
熄灭进时间的暗影。

奶奶说,小叔的心被恶鬼掏走了,胸口上有眼黑紫的
洞。可怜我那武弟,半年后才哭着降临到我们身边。武弟
哭,要吃奶。婶子哭,想起了叔。这一年深秋到深冬,村庄
氛围沉重。一根稻草担不起一副黑漆漆的棺木,一根稻草
却压垮了五家老小。五口活命,五户人家。黑漆漆的村口,
有招魂的黄纸在凛冽的火光里飘,有捆绑的稻草在凄楚的
泥场上通亮地烧。直到一九七五年春四月,坟头上开出了
白的黄的花,村人的水田才哗啦哗啦地又开始流淌起绿色
的希望。

四十年前,奶奶说我和武弟"火焰头低",是稻草命,命
薄没人疼,体弱总生病。夏天拉稀,奶奶给我俩喝稻草灰调
的白开水。草要自家的,灰要现烧的。草灰没滋味,加十几
粒白糖变得甜丝丝,乐得我们兄弟俩鼻涕眼泪抹了一小脸。
秋风将我们吹得着凉,我俩总发烧。稻草命,就得用稻草
治,奶奶的秘方多的是。奶奶在草垛深处拔一把黄灿灿的
新稻草,火光灼灼地烧一碗稻草灰,拌上白酒,将稻草灰润

湿，在我俩浅浅的肚脐眼上一拍，让我俩睡一觉，好了。记忆里的雪天冷得发抖，溃烂的冻疮最可怕。奶奶把我俩关在稻草编织的站窝里烤。火盆很暖，火星够狠，咬疼了我俩裸露的屁股。奶奶依然用稻草灰，放水里淘洗再淘洗，湿漉漉地敷在红肿的痛处，凉凉的。两年后，武弟有了疼他的新大(da)，奶奶的稻草灰就成了我的专利。水田里被无赖蚂蟥看上，用稻草灰一贴，止血祛毒。水里泡久了，脚掌发炎像烂菜瓜，用稻草、明矾煮水洗洗，太平无事。我小时嘴贱，乱糟糟地吃，恶心反胃时将稻草烧灰淋汁咕噜吞下。苦不苦涩，科不科学，至今不清楚，而我快活地活着，奶奶的秘方应该是很灵的。

草民只有草命，化作虫子，也想傍着自家的一叶救命草。奶奶说我是稻草命，哥也这样说。

八九岁后，稻草般细弱的我理所当然地归依了酸枣树一样结实坚硬的哥。哥不挺拔，但能在我摇摇晃晃时，将满眼泪水的我扶起来，还递上一捧木枣，木枣有酸酸甜甜的滋味。哥教我从灶洞里扒稻草灰，拌着热烘烘的鸡粪，撒到奶奶的菜垄上。草灰里有哥做饭时掩埋的红心山芋，鸡笼里有哥奖励我的鲜红公鸡毛。于是，我享受着哥的好，也得意于奶奶的韭菜鲜嫩，菜瓜硕大。放牛时，哥要我记着，自家的黑子在哪个田埂旯旮屙了一堆，用竹筐装回来，与稻草拌匀了，贴到西山墙上晾晒。哥说，冬天里，奶奶用牛粪饼烧粥，黏稠又暖和，味道最好。发水了，我们哥俩就抬上一捆稻草，用身体撑着，也能堵上几个稀里哗啦漏水的决口。父亲就夸哥，也说我学得有模有样。我嘴馋了，想出门走亲戚，渗水的胶鞋却冰冷。哥就往我的胶鞋里塞稻草，不滑，保暖，我为此美滋滋的。雨雪天，哥帮父亲将稻草搓草绳，我就给哥清理碎末儿。我清理得干干净净，打发了一冬沾着稻草味儿的懒散，也编织了今生不忘的缓慢时光。

哥教我捉虫，捉硬壳的土鳖、天牛、知了、屎壳郎，即使是放屁虫（九香虫）也不在话下，但那些软软的、黏黏的土狗、马陆、蜈蚣、蜘蛛、刺毛虫，哪怕是米虫、菜虫，我都不敢动手捉。哥说我犯忌，我不懂什么叫犯忌，不惹就是了。

秋收的场地上驻扎着各家囤积晾晒的谷子。需要过夜的，就安排大人看护。十五六岁的哥邀上我，我俩合在一起，也算个看场护粮的大人。秋夜露水重，场地湿凉。哥让我踩着他的肩，把我架到天一样高的稻草垛上，我在稻草垛上铺上三四个蛇皮袋，绵软，暖和。那时的稻草垛，就是老天恩赐给村里孩子的温床。稻草垛高过屋顶，父亲叮嘱我，哥也叮嘱我：半夜尿急，踩踏实了再动脚。我在稻草垛上睡,感到自己轻飘飘的,四周凉丝丝的,日子一下高档许多。场地上的一堆堆稻谷其实不需要盯着看,有人守着,不怀好意的人就知道了。倒是村头深邃的天,有无数只溜圆的眼睛瞧着,让我十来岁的羞涩起伏不定。月明风高,暗影浮动的村庄呼啦呼啦地睡着,空旷的田野也了无牵挂地闭上眼。四下里偶有几声骚动,是槐树枝头拥挤的几只鸟雀,谁触碰了谁的清梦,谁吧嗒了几下馋嘴。隐隐窸窣作响,准是无聊的黄鼠狼,干些不务正业的事。牛在反刍,人在休眠。睡着的哥,也像小孩一样,咯吱咯吱地磨牙,有时还叽里咕噜说上两句什么。

秋夜星光晶亮,露水凝结。星月之下,有火红的光在村外的荒岭跳动。我闭上眼,梦里一捆捆草灰毕剥作响,一叶稻草,一捆稻草,从青绿到金黄,再到化作红色的火焰跳动。奶奶说,在村口烧稻草"过火",我们看不见他们,他们能借着光看见我们。

他们,年轻的和年老的都乘火逃走了。一叶一叶,摇过我青涩的梦,化作村口一团团灼烧的草火,都逃走了。在看不见稻田的城里,我不知从哪条拥挤的路口出发去追赶。梦里,我只是一条抱着父亲的稻叶啃食终老的青虫。

看麦娘

匆儿问我,雪媚娘是谁的娘,我说是雪媚的娘。他笑。

我问匆儿,看麦娘是谁的娘,他说是麦子的娘。我也笑。

看麦娘,不看护麦子,也不看护村庄午季的麦香。父亲叫它棒槌草。那年大寒,老鸹黑压压地落进麦地。那年立春,大鹅欢腾着食草踏青。等谷雨过后,麦地里的棒槌草热情高昂,点种的几行白紫的蚕豆花也美艳招摇。唯独父亲的麦子,懒洋洋,病恹恹,熬过寒冬,却没能迎来春天。杜鹃在乡野啼叫,它们的焦虑比雨季绵长。芒种到来,父亲领我去西大滩的麦地收割,收割一捆捆的棒槌草和几担轻飘飘的麦秸秆。

那年，场地上曝晒的麦子很少，犁田的黑子却格外健硕。我说，这都是棒槌草的功劳。我那时年幼，父亲在地里清理蛮不讲理的棒槌草，我在田埂将棒槌草转手递给唾液横流的黑子。

黑子爱吃棒槌草。棒槌草迷恋父亲西滩的麦田。父亲不恼棒槌草，万物都有它依存的合理去处。

麦子入仓，秸秆堆成了山。黑子拉犁，父亲扬鞭，枯黄的看麦娘逆着黑色的泥浪，倾倒，折服，扑向泥土温软的怀抱。看麦娘被覆盖，悄无声息，不舍昼夜。看麦娘看护自己，也看护下一季肥沃的耕耘。

在看麦娘的眼里，麦子拥有一片田地，远比自己霸占整个乡野闪亮。从春风轻拂到山野绿遍，一亩又一亩的雨，一镰又一镰的暖，看麦娘迎来送往，却不曾为自己收获一丝一缕热气腾腾的麦香。而在村人的眼中，这都是自然而然的事。

"大（da），你西滩大田不见麦子，也不见花生，尽是棒槌草。"

"粮价贱，午季都歇荒了。"

父亲惜护他的三亩田，但麦子价太低，除去肥料、农药、机械和人工成本，只够养活几把锃亮的镰刀。

　　四月清明，父亲的麦田闲着，父亲的黑子早已无影踪。他一个人，像把锈蚀的铁锹，空落落地倚门歇着。

　　闲着的时候，他就坐在门口的矮凳上剥花生，一粒一粒，毕剥毕剥。父亲在麦地里套种花生，花生壳薄仁红，适合抓一把放兜里，边走边吃。往年农忙，他就赶着雨天剥，一袋花生，足够消磨一个潮湿的白天与黑夜。

　　"菜园里有垄地，种花生，特意给你留着的。"菜园种菜，菜是村人的命根子，谁家都不敢荒着。父亲种菜，也种花生，花生米、花生油、花生糖、花生酱……那毕剥作响的香与酥，成为我一趟又一趟往返奔波的充分理由。

　　新花生裹着紫红的包衣，衣上染着几十年不变的泥土味。我说超市里买的花生没有泥土味，父亲说，那当然。

　　麦子被村人鄙弃，我早有耳闻。村庄、村人、村田，乡野之上的劳作失了尊严。三月的暖风拂过一遍又一遍，看麦娘蔓过一垄又一垄。麦子们犹豫再三，迟迟不愿从松软的稻茬下翻身醒来。

　　清明节，我坐高铁，回村庄，不见乌青的麦苗，也不见熟悉的人影。父亲与村里的老人一样，静静地守护家门，看一条叫小灰的长毛狗晒太阳，看一群褐色鸟雀天上地下，叽叽喳喳地撒着野。我放倒木凳，与父亲坐得一样高，陪他剥花生,听他耘田似的重复那些松松软软的农事。

　　父亲,记忆中的父亲,一直是那个轻抚麦穗,过问百草,扛着铁锹巡视四季的田野之王。而我,尾随太阳与月亮,在田野上四处游荡,像极了家里那条追风的柴狗。

　　农田歇荒,但土地没闲着。看麦娘、节节麦、早熟禾、牛筋草,或昂扬着花穗,英姿挺拔,或匍匐向前,敦实憨厚。有一种生长,叫作自生自灭。农人进城,太阳还在,春风也在。有一种收获,叫作无人问津。无人也好,鸟雀与鸣虫不争不抢,尽享天荒地老。

　　乡野空旷。沟渠流水拨弄起小曲,没有游鱼,只有一两声疲倦的蛙鸣,以及它们新生的娃娃,黑黑的,滑滑的。斑鸠的长调远远近近,时而在菖蒲丛生的水坝深处,时而在放牧黑牛的西大滩。山雀在白杨梢头欢快跳跃,喜鹊在自己的几亩几分领地盘旋。它们从不正眼瞅我。它们有家有业,也有日日夜夜的劳作。它们不认识我,不是它们的错,我离家已经太久太久。

　　田野上活跃着许多新来的鸟,我认不出,父亲也认不出。白雀子,褐雀子,野雀子。父亲与我一样只认得原住的麻雀、喜鹊、斑鸠、野鸡、野鸭。我忘了许多鸟语,我也渐渐忘了乡音。它们一定在议论什么,它们也许把我当作过路的两腿怪兽。这就像出门逛街,会遇见许多人,但没必要记住那么多的名姓、名望、名义。城里人名堂太多。

乡村的天亮得早。我六点起床随父亲上田埂,白雾濡湿了我的镜片,菜花染黄了我的裤脚。新耘的稻茬地蓄着水,水墨一样映照一缕凉凉的霞光。雾气、田垄、野花、看麦娘,朦朦胧胧,模糊了几十年的乡村时光。

露,亮晶晶,是看麦娘家清秀的姑娘。我不知道,看麦娘是否像别人家一样,把孩子养大,然后送上车,丢给田野那边喧闹的城市。我说,不必委屈自己坚守这贫瘠的土地,你的纯洁到哪儿都是美丽的开始。露的眼睛泪汪汪,她说,太阳出来,会收她回去。是的,太阳安抚众生,也烧灼无情。我回头,抬腿,答应让她从脚面爬上我即将返城的衣襟。

我对露好,被天上的一只乌鹊看见,它呦呦叫着尾随。它黑,它的嫉妒也黑。

我假装看不见,低头走过看麦娘丛生的麦地。

田野,是农人裸露的身体,肌肉结成疙瘩,勒痕划出坑洼。不用心疼,春草会把它抚平。茅草正在醒来,蒿子早已返青。稻槎菜、宝盖草、婆婆纳、野豌豆、野蔷薇、小黄花、小紫花,正在轻描淡写地梳妆。春天是野草的,春天不是野草的。春天给它们的舞台很辽阔,但露脸的时间很短。人与野草无仇，人只是斗不过它们。牛羊在的时候，多多少少可以帮忙对付一些。而今，牛羊被出卖了，谁愿意回来做村人贫苦的帮手呢？

人类遗弃的地方，总被草木装饰成乐园。田野还是原来的样子，草木、鸟雀、虫兽，以及四季。

只是人少了，牛没了，奔跑的柴狗也不见了。偶有一只，轻盈活泼地流窜在稀疏的麦地，却招来群鸟的围攻。鸟雀在天空为爱相约，它却自作多情，奔跑，欢叫，汪汪汪，坏了人家的兴致。姐远远地唤它的乳名，小灰，小灰。小灰狼狈窜逃，逃进看麦娘嫩绿的怀里。

小灰是博美的私生子，它被送到乡下时叫阿郎。阿郎，小灰，它不知道它在城里还有双富贵的爹娘。

我追着小灰在歇荒的麦地来回跑，偶尔也张牙舞爪，朝天汪汪叫。城里抱养来的小灰在乡下受了委屈，水土不服，无人听懂它仰望月亮时哀号的孤独。

田野的风与谁都亲，湿漉漉、清凌凌，有淡淡的蒲草香。田野上最顺畅的事是撒尿，不必遮掩，不用回避文明的劝导。一个谢顶男人从田埂上走过，他不正眼瞧我，我居然也不认得他。他塞着耳机，低头在手机里翻找，那熟练的动作不像一个耕耘几十年的农民。

姐说村里的田地大多转包给城里下来的承包大户。父亲老了，不能再下田。父亲不下田，土地荒了，村庄荒了，人也荒得没了新鲜的故事和劳作的尊严。

荒野对于城市，是紧俏的资源，而对于乡村，只是再次被延误的青春。

王家坟头上的构树疯长，成群的黑雀子飞掠而过。清明回家，与看麦娘一起等待麦收，对我这个离乡太久的孩子来说是件悲伤而凄凉的事。

爆竹声自麦地升起，向着旷野撕裂，嘭，嘭，嘭。

匆儿去了北方读书，他回不了家。我独自回乡祭扫，娘的墓，哥的碑，侄儿的新坟，还有众多已然化为看麦娘的先人。

没有叶子的季节

　　没有叶子的季节,乡野裸着土黄的身子。树赤条条的,村庄赤条条的。树是村庄的头发,叶子落了,头发稀了,村庄容易着凉。喜鹊的巢高高在上,像攥着的拳头宣示自己崇高的地位。隐居荒林的祖坟,数过最后落地的一叶,挺挺腰身,露出灰蓬蓬的脸,盼来祭奠的孝子贤孙。

　　村外荒林里的小庙供奉各家的祖上,也栖着野猫、黄鼠狼。老人相信星月里出没的应该是各路狐仙,走夜路需绕开点,遇上可不好。年底我随姐上坟祭祖,烧香,磕头,响爆竹,趁机往阴暗里瞄一眼。那里头空荡荡的,没有牌位,也没有狐仙,只一座落满尘埃的土偶,守一盏经年不锈的灰陶香炉。

没有叶子的呵护,村里的庙矮进了草丛,坟茔即将没入瘠薄的黄土。与荒野交往一辈子,村人懂一个人与一棵树、一株草是一样的地位。柘树、荆棘、蔷薇藤,野生的欲望旺盛,一并把小庙密不透风地裹进兴旺的滋长里。猫头鹰、黄鼠狼、灰野兔,也活跃在乱坟岗上。莹莹的绿光,蹿跃的黑影,翻倒的香炉,都是它们活泼生命的存在证明。喜鹊不忘来献殷勤,把巢挑在柘树粗放的高枝上,喳喳喳,喳喳喳,扶老携幼地盘旋,接受村人深情的膜拜。喳,喳喳,没有叶子的掩映,喜鹊的啼叫再欢,也只苍老了记忆中栖居乡野的绵软诗意。

立在落尽叶子的高冈上,这村庄的粮田,连同村外空置的荒地,散落着褐黄的稻茬和根茎,裸露在我们的眼中,也在它们的眼中。土地之上,有人家,也有草木和鸟兽。水蓼、香蒲、白茅、紫云英;香椿、酸枣、毛桃、垂杨柳;青螺、白鲦、红鲤鱼;珠颈斑鸠、圆球刺猬、白眼画眉鸟。祖上从远方迁徙而来,在荒野建房,植树,播撒希望,像鸟雀一样繁衍子孙。王家的屋,李家的田,冯家的坟,像庙旁那棵幸运扎根的树,像树上那只安家落户喜滋滋的鹊,大家都承蒙土地的厚爱,暂时的,或是久一点的。人属于荒野上的少数民族,地母偏爱人们的勤劳善良。隆起的山冈,簇拥着高的、矮的、坚韧向上的树，那里歪斜着、飘着炊烟的人家。低洼的水冲，蒲草、芦苇铺下一张柔软的温床，静候觅食的野鸭、斑鸠、白鹭从冷风里归来。

我与许多鸟兽一样，得那方寸薄田恩养，长硬了翅膀，强健了腿脚。纵使世界很大、诱惑很多，纵使回家的路漫长、黄叶落尽，我的归程不变。我不能像姐那样，接过父亲的农具，守着十几亩田地，守着坟茔上的香火，但我的枝头有一片叶，我守着它从碧绿到枯黄。

四十多年不出远门的姐，像棵父亲种下的洋槐，开白花，散清香，播一树绿荫。姐喜欢脚下褐黄的泥土，舍不得她的十几亩薄田。向土地要效益，麦子、谷子、棉花、花生，能挣多少？论钱，远不如一个进城做服务员、做快递员、做泥水工的伢子。土冈上管田，要像看野孩子似的盯紧，白茅、红蓼、青蒿、牛筋草、鸭跖草、菟丝子，哪位不虎视眈眈？田野上的草木鸟兽，和人一样，也饥肠辘辘地张着嘴，需要吃的。锄头、镰刀、铁锹，是祖祖辈辈看家护地的法器。姐说，田地是向荒野借来的，进城了，就得还给它们。父亲还在，祖辈的坟茔还在，守着不能丢。一片地，撂荒一季，就废了。一个村，过年没人，就毁了。姐不出门，在家侍奉老人，侍奉土地，也侍奉坟茔上一点血脉宗亲。地薄，年轻人留不住,姐不管。天冷,黄叶子留不住,姐不管。姐只管自家的地,自家的人,以及地头喳喳叫的鸟雀们。

叶子落了,姐从来不为一年的收成烦恼。冬天里,空荡荡的村庄,喜鹊闹人心。村庙那棵野柘树,得祖上福荫,蓊郁挺拔。喜鹊不知好歹,在上面搭个乱蓬蓬的窝,像在俊俏的脸上嵌个硕大的瘤子。喜鹊一家五六只,霸占着坟地,喳喳喳地闹,还四处拉屎,伤天害理。庙檐上,墓碑上,坟顶上,黑乎乎一摊。年底上坟,看家的姐,脸没处搁。东屋窗外的杨树上,西屋山墙的椿树上,田间机耕路旁的电线杆上,黑乎乎、乱糟糟。谁愿意醒来一睁眼,窗外阳光里悬着一个鸟窝,像一团臭牛粪似的。我挎着竹篮下菜园,一抬头,灰溜溜的电线杆上有一拳头挥舞,谁也不欠谁呀。喜鹊想吃虫子,蝗虫、蚱蜢、螽斯、金龟子、地老虎、松毛虫,乡野有的是,想吃就吃。喜鹊想吃种子,构树、楝树、泡桐树,村里有样子的树是它的,树上的种子也都是它的。气候干旱,物资紧缺了,青玉米、嫩黄豆、西红柿,也向它敞开供应。它叫喜鹊,有什么办法?至于,初春播种的稻籽,秋后撒下的麦粒,它也厚着脸皮来啄、来翻,做人谁会这样?姐的意思我懂,村庄空了,喜鹊的欢叫满是虚情假意。

喜鹊登梅,喜庆吉利,老人们世代相传。三十年前,二三月,春暖叶绿,第一只喜鹊寻着苏醒的烟火味,喳喳喳地来到村里,自然也光临了我家后院紫红的香椿。它黑头、黑背、黑尾巴,像孩子眼睛一样的黑。它上腹有纯白的圣洁一片,尾羽有蓝紫的金属光泽。这自然的美,足以耀亮村人土灰的眼。喳,喳喳,隆冬过后,沉寂太久的乡村需要这样洪亮而欢悦的呼唤。大家都欢喜,奶奶说吉利,我们小孩是现世宝,就跑去别人家炫耀。结果一转身,好运飞到了人家的树上,好尴尬。几十户人家,仰起头,侧着耳,供着这闪亮的稀罕物。我那时最怕的是黑漆漆的老鸹,呱,呱,哇,哇,呀,呀,叫声凄凉阴沉,连个舒缓的复调都没有。那时,常有暴雪,平静的乡村总是落进茫茫雪野。老鸹突然乌云似的从村西边翻卷而来,野地里,枯枝上,猪圈的青石墙上。呱,哇,呀,雪白的村野摇晃,死亡的黑影笼罩。大难临头,粗犷的男人,热烈的女人,蹚过积雪,跌跌撞撞,冲进黑色的魔阵。咚咚咚地敲,呼啦啦地挥,嗷西,嗷西,嗷西,敞开嗓门拼命地吼。搪瓷脸盆后来成了英雄,红绸被面后来被挂作旗帜。愤怒带着火,勇敢扇着风,白中渗着黑,黑中溅着白,像极了癫狂的巫魔决战。死亡与恐惧,苦难与不幸,我们一气儿把它们驱逐到遥远的神山寺那边。还好,那年,村里没人丢了性命,也没人被抽走了魂。乡村没有巫师,但荒野是有魔障的。姐说，树叶落尽了，村庄就漏冷风，暴雪来了，老鸹来了，野外的鬼怪也来了。姐在村庄里种了许多树，老人们说长满绿叶的树可以保太平。

在我印象里，老鸹从此真的很少见。老鸹很识相，我们不喜欢它，它就不再来。姐说，是喜鹊不喜欢它。人觉得吉利，种了许多高大的树，白杨、梧桐、皂荚，叶茂、临风，人们把喜鹊当神一样请来供着。喜鹊满树枝地飞，满村庄地叫，从春绿到秋黄，从屋顶到野地，老鸹不敢来，燕子、画眉、麻雀也不敢来。喜鹊糟蹋田里粮食，人们不撵。喜鹊把粪拉到坟头上，人们不恨。人把喜鹊宠坏了，就遭它的罪。姐说，像现在的孩子，心软的老人们太宠了。我后来才知道，灵怪发亮的老鸹，也有喜欢它的人儿，也有供奉它的地儿。老鸹黑色的啼叫，冷冷的，苍老的，不是邪恶，是一句忏悔的忠告。有老鸹的时候，风冷，地白，天蓝。如今，天暖了，老鸹没了，灰蒙蒙的天上卷来的是城里的霾。老鸹是黑的，但田野是干净的雪白。老鸹与喜鹊，本来是一家，同属鸟纲雀形目鸦科。人与鸟雀草木，本来是一家，共着一个庄上的土地谋食生息。

那怎么办呢？姐说，随它去吧。村庄里搬了大半人家，砍了许多大树。那些品相好点的黄桦、银杏、玉兰，被连根拔起，卖给城里的树贩子。叶子落了，风里的树瑟瑟地抖。树木少了，雾霾里的村庄灰头土脸。任性的喜鹊被人请出村庄，像叛逆的孩子，凄凄地去投靠粉饰过的城市或是死寂的坟地。

　　没有叶子的树冠像人的大脑血管，只是红色的血液已不再流淌。我劝姐，村里没几家了，也走吧。姐说，人不能像被宠坏的喜鹊，瞧不起农活，瞧不起村庄，躲进没树的城里。田野不在乎这些，守着原来的地儿，它还是它原始的样子。人走了，还有许多候着的主儿，苍耳、苘麻、水芹、野柳、臭椿、青虫、粉蝶、菜花蛇、土田鸡、灰色苍鹭……

　　咕——咕咕——咕咕——难得，空旷的田野上，除了喜鹊单调的喧闹，竟有几声轻柔舒缓的浅唱。咕咕咕——咕咕咕——是斑鸠，是生在此、留在此的珠颈斑鸠的生命感叹。草丛是斑鸠的家，树冠是喜鹊的家，村庄是乡人的家。树叶没了，哪儿是村庄的家？

褐色鸟群

村庄里,褐色鸟群占领一树又一树的枝丫,像是西风中逆流而上的黑夜。

这褐色,远看是墨黑的乌鸦,近看是乌鸦的墨黑。我厌弃这巫师一般的肃穆和没有节制的浓墨渲染。待几只鸟肆无忌惮地扑棱着落在我近前,我能看清它们轻佻的小黄爪,翼下点缀的几片白色翅斑。恼人的是,小东西的脑壳前端还扎着个洋气的冲天小辫。蓝绿的羽冠是孔雀高贵的标配,而这坚挺的一撮黑色羽簇,成功脱离了美应该有的谱系。

我没见过这么多褐色的鸟来村里,从冬聚集到春。它们盘踞在村庄、树梢、屋顶、水塘、麦地,为着屋山头一棵高耸的白杨，为着父亲菜地里一只蠢蠢欲动的青虫，为着姐姐虾塘飘过的一阵鱼腥。它们在光天化日下，叫嚣，追逐，说脏话，撕破脸，纠缠不清。

我问父亲这是什么鸟，他也叫不上名，只说是褐雀子。

我的乡村印象里，喜鹊是笃定的智者，白鹭是闲游的仙人，而高低蹿跃的灰麻雀就是我这样赤脚瞎窜的男伢子。我曾许诺，最美的汉语应该献给鸟儿。而今，乡野空了，村庄废了，褐色鸟群，你们让我很失望。

人的嘴巴可以被遮掩不说话，而鸟雀的嘴巴谁也阻挡不住。春野啼响，是为了不能耽搁的爱情，为了子孙苟活的领地，也为了摇摇欲坠的身家性命。美丽，有时不足以确保安全。活着，安稳活着，才最是要紧。

这是寂静的春天。斑鸠在空旷的田野练习长调，舒缓悠长，像河流一样不紧不慢。喜鹊依旧从容地飞过树梢，喳，喳，煞有其事地发布最新疫情报告。绣眼、鹡鸰、翠鸟、黑卷尾、四喜鸟、野鸭子，却一直匿而不见。眼前，妖风一样的褐色鸟群霸占了我的村庄。

四月，不见一只轻盈的燕子归来垒窝叙旧。摇摇欲坠的村庄，已没有遮风避雨的屋檐，没有牧牛赶鸭的男伢子。村庄的人寥寥无几，村野的鸟无家可依。各门另户，各奔前程，我这个奔走天涯的人，只能如此祝福你们。

暮色渐浓，褐色鸟雀簇拥在村树枝头，不知是为黑暗的到来欢呼，还是为坠入无尽的暗夜瑟瑟发抖。

二〇二〇年清明，疫情好转。我终于可以顺利返乡。回家，看望病中的父亲和艰难生长的土地。

父亲是土地的崇拜者，土地在哪里，他虔敬的身影就在哪里。父亲离不开土地，农民的生命意义全部播撒在那里。父亲不懂如何像诗人一样赞美土地，只会像照顾我与姐一样，追随四季，春暖就点染黄灿灿的花色，天寒就披上雪白的棉衣。一卷卷、一幅幅，水彩、版画，或是晕染的水墨，这都是父亲在大地上的杰作。

上坟祭扫回家，父亲扛锹提桶，领我去他的菜园。辣椒、茄子、萝卜、西瓜、西红柿、空心菜，翻土、垫肥、挖坑、浇水，覆盖保暖保湿的地膜，做起活来，父亲才是我心中那个当风而立、指点山河的精神领袖。父亲种菜，量不大，品种却多。单是那茄子就分白茄子、紫茄子、圆茄子、长茄子。我说简单点好，他说花色多些生活有味道。

春天是用来播种的。种下去，才有一行行顶着硕大露珠的赞美。

父亲一辈的农民，劬劳功烈，苦是清苦，但也曾有过土地上诗意的栖居。我相信他们都是乡野有尊严的行吟诗人，一双脚，一双手，一架锃亮的犁铧，一行温暖儿女肠胃的赞美诗。

在父亲身边，我做不出像样的活，干脆缩在一旁，递苗送水，拿出手机拍下父亲清瘦的身影。

种菜，对应城里人的种花。种花，养心怡情。种菜，养身度日。

父亲拍拍裤腿上灰白的泥土，显得轻轻松松，说"再陪我去乡野走走"。经过汪寿霞家的蔬菜大棚，张竹元家的歇荒麦地，还有刘三胖家的清水虾塘。父亲一定要下到地头，这苗，那水，向我解释一番。每块地都有自己的耕耘史，水汪汪的，亮堂堂的。那只叫阿郎的长毛狗远远地跟来，她生宝宝了，头胎，七只，个个乌黑油亮。大家都为她高兴。唯一不平的是，褐雀子会欺负他们母子，而崽儿们的爹一直不敢出面。我猜是谁谁，父亲骂"别提那只没出息的狗东西"。

我们径直走向西大滩。父亲的三亩麦地没有麦子，绿油油的是学名叫看麦娘的棒槌草，黑乎乎盘旋的就是那些阴沉的褐雀子。乡村土地流转，父亲的麦地也转包给大户。大户不种麦，说是除去成本，麦子没钱可挣。

父亲跨进杂草过膝的麦地，薅起一把，恨恨地抛上田埂。田无苗,仓无谷,父亲放心不下,但又无可奈何。聒噪的褐色鸟雀不听他的,锈蚀腐烂的犁耙不听他的,曾经赐予他力量和自信的身体也不听他的。一棵白杨树,只要不倒,会是土地上崇高的存在。但父亲终究只是一棵乡村的白杨树,他的劳作,除我之外,确实没有多少意味深长的社会价值。而我离开太久,褐色鸟群已然盘踞在父亲这棵风雨飘摇的白杨树枝头。

土地是父亲一生的牵挂,歇荒,等于宣告一辈子的耕耘突然失去了意义。四十四年前,父亲送走了母亲。二十五年前,父亲又送走了哥哥。我说,他年纪大了,该歇歇了。把眼神与身体都埋入泥土的人,把粮食与苦涩一起咀嚼入胃的人,每一笔血色的耕耘记录,都是像田垄一样隆起的疼痛。胃病毁了我的父亲。而来自土地的疼痛,比他的胃病严重。

没有什么放不下,他已经放走了那么多。只是父亲之后,没有谁再来收留我的冬麦。

我们走过旧时的泥场,谁家的石碾深陷蒿草丛间,谁家的拖拉机锈成黄色的泥土。父亲说,收废铁的来看过,扭头就走了。石碾是永不腐烂的记忆,我很想放车里带回城。父亲呵呵地笑,搬得动你就搬。

场地边灰喜鹊与褐雀子在争夺一树泡桐。泡桐长相普普通通，但白紫的花香艳诱人。丑陋的褐雀子哪里禁得住这斑斓的春色诱惑？一树灰麻雀突然散去，像是在玩快闪游戏。时间被它们聒噪得支离破碎，不成体统。

幸好，虽鸟与人生在一个空间，却没有活在一个世界。

这褐雀子是哪儿来的呢？父亲在村庄生活了七十多年，他摇头说不知。如果是过路的候鸟，不见它们有风雨兼程的忧郁。如果是打算住下来的新居民，人去村空，倒是个不错的选择。

那我们王家又是从哪儿迁来的呢？上坟时我数过，上有曾祖，下有内侄，老老小小总共才六代。父亲说从夏庄迁来，三伯说从鲁庄迁来。夏庄、鲁庄都是别人家的村庄，我关心的是夏庄、鲁庄之前的王庄在哪。三伯老了，只会摇头。父亲老了，不然怎么也犹犹豫豫？待他们都老得糊涂了，我去问谁呢？我怎么给我迁居千里之外的匆儿、朵儿厘清王家的血脉源头？总不至于说，我们是黑户，像褐色鸟群一样，趁着夜色，偷偷从黎明前的深渊飞来。

四月天清气明，雀鸟在树梢摇荡，村庄在熏风下晒暖。土地累了，村庄旧了，歇荒、变迁，这都是自然而然的事。

村庄没了，离去的亲人还族居在那儿。鸟雀、草木，还是原来的样子。也许喜鹊、麻雀、秧鸡，以及这新来的褐色鸟群就是我那些不愿离开的亲人。他们的话语从鸟嘴里出来，我隐约还能明白几句。

无所谓失去，只是换了一种形式，生活一直在那儿。

春暖日熏，父亲爱端条小板凳坐门前晒太阳。几个同龄老人凑过来。他们闲聊，聊驷马山会战，聊黄栗树水库引水，聊谁家儿孙磕错了祖坟，聊谁家进城的伢子赌博、传销、放高利贷。自然也聊狐狸精、黑乌鸦、丢了魂找不回的稀奇事。关于驷马山，父亲说那年腊月初十，冰碴儿咔咔响，村里人带信到会战工地，说我在家里的老屋出生了。

人有自己的生，村庄有自己的老，有些褪了色，有些依然鲜活。

我也坐下来，虽搭不上话，但可以当《山海经》听。简单的人，朴素的情，不关富贵，不关生死。春光沐洗，父亲的白发高高在上。歇下来的老人们，心里装着春日的平静，唯独没有电闪雷鸣的仇恨。

第二天，我开车领父亲去驷马山、黄栗树。翻山越岭，穿村过桥。春山空寂，流水潺湲。那是属于父辈的农业时代，那是属于草木的明亮春天。

我只用半天就开了个来回，而这对于父亲，却是一生的行程。他的一生，方圆就这么点。而我奔走他乡，画出的半径再大，也不曾脱离这个泥土堆积的圆心。

看见土地，我就看见了父亲。父亲在哪里，我一定要回到哪里。

村前是游龙一样意气风发的合宁高铁，村后是褐色鸟群野蛮生长的春日寂静。村庄是田野的神经末梢。村庄废弃了，末梢正在坏死。高铁穿梭，它是来做救命的搭桥手术的医生。村里的伢子们搭上高铁，欢腾着穿越乡村。我看见有谁贴脸在窗，做一次次深情的凝望。

菜花不开，放牧春天的养蜂人不来。燕语不响，看护田野的父亲已然老去。姐夫后来执着地捉来一只凤头八哥。八哥，与哥八竿子打不着。这八哥，特长是模仿，模仿人言，也模仿鸟语，它们真没把自己当成鸟。它们结伴远道而来，原来是想取代父亲做村庄的主人。

在这寂静的春天，我返乡领父亲去做手术。化疗，停药，复查，是该与发作已久的疼痛做彻底告别的时候了。

村庄逃离

村庄逃离，这是谈判无果的结局。

参与谈判的有人，也有草木和禽畜。禽畜憨厚，看似无欲无求、糊里糊涂，哼哼，实际上满肚子花花肠子。草木风雅，擅长临风静坐与推进，悄无声息却又势不可挡。村里会说话的除了鸟，还有村主任和几户有靠山的人家。他们知道拆迁补偿款的算法，知道城里长了翅膀会飞的房价。他们家的孩子十年前进了城，这就是他们出门不怕风寒的靠山。喜鹊嗒嗒嗒，说话像村东的张春霞，泼辣而且像子弹一样有穿透力。谁也堵不住、惹不起。

惹不起就保持沉默。沉默就是默认。推土机冒着黑烟，不可阻挡地杀进村庄，像洪水一样，像猛兽一样。

看门的黄狗末日狂吠，遮风挡雨的梧桐叶像烙铁一样坠落。村庄逃离，脚步如石碾滚过废弃的泥场。低矮的祖屋，百年的古井，一个叫冯石的村庄碎成黄土尘埃。

村庄驮着炊具家当，追赶风尘仆仆的人群。奔徙的村庄总爱咳嗽，像破碎的窗户纸，稍有风吹草动，就声嘶力竭、喘息不止。逃离不是什么体面的事，夜黑风高，村心惶惶。冯家的坟茔被遗弃在荒凉之外，石家的残垣空余一弯歪斜的下弦月。

村庄与村人在城郊相遇。城郊是个收容所，收留出逃的村人和村人不离不弃的柴米油盐、锅碗瓢盆。城，是一块跌落人间的陨铁，像怪兽一样吞噬八方来物。磁性强的钢铁丛林雄踞城的中心，磁性弱的平房杂院徘徊在城的边缘。

村庄习惯摆地摊，地摊上有红花生、黑芝麻、香稻米，还有绿的赤的豆。地摊货，城市不稀罕。超市多的是，不值几个钱。地摊偶尔也摆出鲜活的鸡鸭鱼虾、大枣板栗，仅此而已。只有那两棵黄桦、皂荚膀大腰圆，像村里埋头耕作的三胖，勉强卖个好价。城市都是急性子，开发商要交房，等不及苗圃里漫不经心的成长。商人不缺钱，但缺种下去就能茂密长成的林。村庄出逃，能贱卖成钱的，也就这十来棵杂树，黄桦、柘树、乌柏，三千来块。树贩子是邻村的二黑，他说乡里乡亲，出的价很不低。二黑十几年前进城，开始替市政种树，后来回乡贩树。村里哪个田畈角落藏着几棵什么树，他摸黑都能放倒拖走。

村人与村庄在杂院碰头。白天，只有劳作，没有多余的话，没有多余的尊严。晚上，女人们做饭，男人们喝酒，刺啦啦响，烟熏火燎，像焚烧麦秸一样，灼烧得人面红耳赤。然后男人们就吹牛，乡村已经没有牛，他们在吹那些捕风捉影的城市八卦。女人们围着锅灶蒸煮翻炒，像红蓼一样红的脸蛋，一夜一夜枯黄，她们的青春过早被城里的月光洗白。

城市不缺人，马路上比车子多的就是人。城里缺劳力，工厂的大门敞开着，它的胃口比城市的还要大。能吃苦，不说话，城市需要的应该是那肩着牛轭任由鞭打的黑牦牛。

男伢和女伢们尾随爹妈进了城，不用十年，也都是鲜活生猛的壮劳力。

老人不愿进城，祖祖辈辈奔波流徙历尽艰辛扎下的根系，不到万不得已，绝不轻言放弃。

迟缓的老人进不了城，车流不欢迎，高楼不欢迎，公墓也不欢迎，那儿地价高，比屋后山头哗啦啦的白杨树还要高。不去就是不去，有些老人火气大、脾气倔，像城里直来直去的火车头。集镇西头有崭新的安置房，门前可种菜，屋后可插柳，也可栽几棵翠绿的枣子树、石榴树、桂花树。

村庄逃离，乡野辽阔无边。白鹭与斑鸠，一点白，一声长调，点缀其间。

村庄逃离，草木当风而立，踌躇满志。白茅、青蒿、菟丝子，登堂入室，高扬胜利者的独立宣言。村庄连同它的故事，被草木踩在脚下，变形，腐朽，龇牙咧嘴。

村庄是村人的村庄。村人在城里拼命，无暇整理村庄的颜面。乡村的农业文明，蓬头垢面，命悬一线。只有王家的坟地一天天膨胀，去年添了一座，今年又添了一座，展现生对死的不懈努力。

太阳不管这些，城里，村里，只是在一个平面上位移，到哪里都还是它的人。月亮心肠软，提着一盏清白的灯，半夜三更去乡野照照看看。乡野空荡，没有狗吠，没有灯火，也没有散着汗味的酣眠。

醉酒的夜晚，村人立在城郊回望被抛弃的乡野。逃走时义无反顾，回转身，已走投无路。

村里的坟地留着他们的先人，村里的天空漾着水做的月光。月亮不进城，像是村人丢弃的眼睛，安抚无边夜色里奔跑的灵魂。

梦里，田埂上有只叫小灰的狮子狗。曾经，它是从城市流浪到村庄的野种,喜欢冲在犁耙的前面,小跑、蹿跃,与露珠握个爪,与青蛙赛跳高。有红蜻蜓飞过,她追上去踮起脚汪汪想说几句。说什么呢?想问蜻蜓如何轻盈地飞,想买一件蜻蜓的红夹袄。小灰很可爱,但她依然羡慕别人的美。暮晚,白鹭在碧绿的田野上跳广场舞,她们舞姿美,羽毛也美。白鹭不像城里来的小灰,落在哪片田地,就终身为它歌舞,为它美丽。

后来,小灰成了四个妞的母亲。母亲时期的小灰不小也不灰,光彩照人。村人抱走她的妞,夜奔入城。城里来的小灰忘了城的模样,她会对着夜半的圆月奔跑喊叫,以为那柔软的肥肥的是自己走散的胖妞。

十月,小灰消逝在清凉的月色里。有人说,她随月亮跑了。有人说,她被树贩子药倒卖了。

村庄出逃,人与草木鸟兽不再是邻居,各在各的旅途,相隔千万里。过路的白鹭扑棱着翅膀,分不清该落进哪一块田地。没有村庄,它不知如何给孩子们介绍自己的籍贯和出生地。

田野之上,农人稀疏。挥镰的女人钻进白茅丛割草,让野兔、野鸡、野猪们误以为她也是一只硕大的野物。人只是人,人不是土地的主人。草木、虫鸟、牛羊,谁也不是土地的主人。大家只是土地的一部分。

村庄出逃，粮食也想跑。粮食的出走是受田地的蛊惑。失了村庄的田地，不知为谁播种，为谁生长，它们觉得留守没有意义。它们鼓动麦子与稻米，一并去城里寻找出路。

城里有路，但没有生根发芽的出头之地。十月，爱香从城里回来。爱香是个男人，取个女人的名字。他提镰走向稻田，十来亩土地不见稻影。几个月没人看管，稻子忘了该如何扬花抽穗，照亮披金戴银的田野。

爱香返村，不见粮食，心里生长着十亩野蛮的稗子草。

村庄可怜爱香。而这事，村主任云淡风轻地笑。村主任是领导，村庄跑到城郊，他依然是一村之主任。没有谁愿意接班做这个只有几座坟头的村的主任。

村庄不说话，村人不说话。留守乡下的姐夫拿起笔，做起种田的数学题。

种田成本：一亩水稻田，种子一百二十八块，旋耕五十块，机械插秧一百六十五块，复合肥一百块，尿素三十块，除草剂五十块，治虫六十块，收割七十块。如果干旱，水电一百三十块。如果雇人，插秧两百块，喷药水三十二块。承包田租，薄田两百块，良田四百五十块。

种田收成：去年丰收，亩产一千八百块。今年遭遇水涝和冰雹,亩产一千五百块。一亩田净挣五百块。

如果秋收后再种一季冬麦。一亩麦田,本钱五百块。雨季,麦子易得赤霉病,收八百斤麦子,九百块。一亩收入四百块。然而去年亩产只有可怜的五百斤。

姐夫承包村里丢下的一百亩地,开春养殖龙虾,夏种水稻,年收十万多块。

爱香的十亩地,缺水,土薄,两百块一亩便宜出租,姐夫没有要。

粮食可怜,爱香不可怜。爱香随村庄出逃在城郊,替鸡场养鸡,一天一百五十块,一年五万块。他还有一个比他更勤快的妻子,两人年收入十万块。

爱香,不爱他的土地,他爱他香喷喷的妻子。爱香的算术比姐夫好。

粮食逃走了,鸟雀们很不高兴。山雀、喜鹊、八哥,叽叽喳喳,把爱香的十来亩地当作谩骂撕咬的演练场。它们相信,它们迟早会为粮食开战的。人缺粮少吃的年月,也这样。食物,是物种生存的根本。吃饱了,再梳理美丽的羽毛,谈论朗朗乾坤和道德情操。

吃的少了,就偷就抢。五六月,玉米刚吐穗,花生刚结果,花喜鹊领头,在白日青天下做起厚颜无耻的勾当。西红柿的生长尚未开始，火红的采摘早已在七月结束。

人烟稀少的村庄，草木与鸟雀多少有些豪横。朝阳初起，稗子草明目张胆地爬上水稻的温床，水蜡烛巧取豪夺，以菖蒲的名义盘踞最后一条沟渠。暮色低沉，山麻雀高调地霸占了绿莹莹的玉米地，喜鹊三五成群地收割鲜嫩的蔬菜。

村庄要逃离，人心凄凉。粮食要逃离，人心惶惶。乡野之上，草木比庄稼多，鸟兽比人多。这是自然安排的事。田野不只是人的，鸟窥视着，草惦记着。草木与人共享土地，鸟雀与人共享粮食，大家都是这片土地的孩子。

姐想喷农药清理队伍，姐夫想拉电闸一网打尽。但农药害人害己，捕鸟知法犯法。做人要有底线，伤天害理的事不能做。

姐说，国庆回家吗，新米碾好了，新花生晒干了。我像只夕阳下的山麻雀，闻着稻米香，回到虫鸟和鸣的暮色乡村。

我对土地思念太久，我的亲人，我的青春，我的清水襄河，都在那片乡野。但劳作于我已是一件羞愧的事，疏远田野的人不配享用收割和收成。

我劝姐夫，适当的时候，随我进城。村庄只抵达城郊，而我要带他们进到城的中心。什么是适当的时候？家里有一百亩田地，家里有我病重的父亲，也有他风烛残年的父母。父母在，不远游。孩子是老人的收成，老人是孩子的田园。

烟囱倒了，庄稼倒了，我的父亲也正随着落日向西倒去。

姐与姐夫不进城，皮肤黑的人进城总让我心疼。

村庄看中城里的财富，城市觊觎村庄的土地。村人被村庄出卖到城里，没几个钱。城市不稀罕，满大街都是村里的人，比粮食多。粮食逃进城，粗茶淡饭，没人欣赏喜欢。饥饿的粮食流浪到城郊，遇见饥渴的村人。他们似曾相识，他们苍凉对视。

村庄逃离，无须谈判。人迟早要被泥土吃掉。这不是还债，这是自然规律。你吃土里的粮，你住土上的房，张口闭口都吃它的，临终，只让泥土吃一口，你是大赚的。

白鹭自清晨起飞

　　草木匍匐，曙色张扬。一只白鹭，一群白鹭，自湿润的清晨起飞。

　　春野青绿，像油画一样鲜亮。而鹭鸟的洁白如月光，经不住风的触摸。我说不清这些白鹭何时来此，为何落进父亲西大滩的麦田。

　　父亲曾说，它们来自十里之外的荒草圩。荒草圩其实没有荒草，芦苇、菖蒲、金鱼藻，都是白鹭清修的好背景。当年溃逃的项羽落荒于此，于是荒草就成了这儿的文化名词。荒草圩是滁河临近乌江的一片围垦区，鱼塘、稻田、白杨树，以及雨季汹涌的洪水，泛滥着我不舍昼夜的思念。

　　父亲没告诉我这群白鹭何时来此，只说来自荒草圩。

恰似父亲没告诉我王家这六代人何时来此,只说来自离乱的夏庄。

好吧,管他是春秋的鸟,还是战国的人,荒草,离乱,终究归于谜一般的静默,姑且说大家都来自一个曙色张扬的清晨。

曙色张扬,父亲牵着他油亮的黑子下田。麦子赶在梅雨到来前安全归仓,麦茬孤独地等在清晨。收割后的麦田疲惫不堪,像父亲潦草的下巴,亟须剃刮清洗,重整旗鼓。黑子奋蹄向前,父亲扶犁吆喝。驾,父亲的吆喝节俭,给黑子加油,没必要长篇大论,或者疾言厉色。有点气力,大家都用在犁上。黑子出苦力,父亲心疼。土地出麦子,父亲感恩。不能亏待黑子,不能亏待土地,大家都是土地的孩子,爱着她,离不开她。土地专职生长,父亲与黑子殷勤呵护。麦田虚弱,像刚出产房的母亲,欢喜却乏力。土地需要休养,灌水添肥,松松筋骨,晒晒太阳。五月的使命是收割,也是播种,麦子温文尔雅,而稻子热气腾腾。立夏、小满、芒种,一个赶着一个,它们虎背熊腰,是二十四节气里的青壮派。

驾,一声吆喝,土地上的事情就有了眉目。犁铧走过,留下一条顺顺溜溜的新路子。

东方红润，有白鹭自雾霭破空而来。白鹭是乡村的隐士，轻衣简行，悄无声息。若不是为爱情表白，或是护子心切，永远不会多说一句闲话。不多说，不等于不说，白鹭也歌唱，也起舞，只是不愿像灰喜鹊、黑八哥那样聒噪，来或是去，不惊也不喜。时间洗礼过的生命，总是这样轻盈、从容、笃定。

白鹭落进父亲的麦田，像是秋风吹开了棉朵，温软又生动。父亲欢喜，卸下黑子的犁耙，让黑子拖着乌黑细长的泥腿爬上田埂。黑子去吃棒槌草，父亲欣赏亲切的白鹭。白鹭的腿也乌黑细长，清瘦有仙骨。它挺胸，振羽，不慌不忙。鸟对生活持有的耐心比人持久。被时间洗白、冲淡，像秀水菖蒲不容污秽，像青天明月清静闲逸。

静默如父亲。瘦劲如父亲。一只白鹭那么轻，而父亲，如黑子那么沉重。牛轭对黑子的伤害不止于流血流汗，还有一种叫捆绑的生存法则。黑子与犁耙捆绑在一起，黑子与父亲捆绑在一起，黑子与土地捆绑在一起。谜一样纠缠、捆缚，没有头绪和出路。幸好有白鹭自清晨起飞，洁白、轻盈。人间此时也值得。

父亲称呼它们为白娥。白娥，像白娘子一样纯净又温柔的名字。在乡村，每个村庄都有自己的村话，一方水土讲一方话。不在乎别人懂不懂，入乡都要随俗。村人大多不出村，偶有与邻村的"外交"事务，会有村队长这样的"外交官"。不知围垦区的人怎么称呼白鹭，但一定是白什么。白是姓氏，那是白鹭源自一串基因的生命底色。记住村话里的鸟名，就像记住村话里的人名。当村话里的人名、鸟名都被遗忘，一个村庄也就烟消云散了。

村话里，父亲叫四老板，而我居然叫三侉子。父亲很受用他的名，而有人喊三侉子，我总是咬牙切齿。

土地面前，父亲习惯俯身低首，像是寻找什么，又像虔诚地诉说。麦穗、稻穗熟了，也是垂头面向大地。父亲的双脚深陷泥泞，双手奉献给生长。十里之外是青山，几亩薄田是父亲一辈子的守望。白鹭飞来，给予父亲视觉的升华，光阴那么久，生命那么轻。因有白鹭，父亲可以直起腰，欣赏云在青天鹭在田，它们像自己的孩子，自己的爱人，自己云水一样轻的生命。

白鹭是父亲的客人，串门走亲戚，自然会有盛宴款待。麦茬地有忘了回家的麦穗，有私交甚好的蜘蛛、蜈蚣、田鸡、土狗子、白蛾子，还有扭捏羞怯的曲蟮。曲蟮的羞涩是出名的，像村里低头走路的女伢子。它躲在灰黑的泥土里，不出门，不见光，把自己瑟缩得胆小如鼠。它偶尔推开天窗，爬上地面透气排便，算是来尘世间见了世面。村话称呼它们为曲蟮，红曲蟮、青曲蟮、灰曲蟮，就像称呼黄鳝、白鳝。万物有名，颜色总是人们取名时最有感觉的存在。麦田曲蟮多，赶来赴宴的白鹭就多。白鹭不去别人家的田地，这让父亲很自豪。因父亲勤看护，麦田松软潮湿，土质好，肥力足，收成自然就好。曲蟮和白鹭都是父亲的收成，儿时我这么认为，现在更加相信。

白鹭，黑子，父亲。犁田，放水，耙地。泥土与麦子一道成熟，青蛙与太阳相处火热。五月，父亲和黑子合力帮枯黄的麦茬地换了新装，那是一件白亮亮水做的羽衣。隔几天，父亲为田地插上绿茵茵的稻秧，西大滩又将投入新一轮野蛮的自然生长。

重复，或是重生，土地上的生长与时间一样，无始无终，无穷无尽。

清晨，我迎着露水给父亲送饭。露水如珠，粒粒饱满硕大。女孩用闪钻亮片装饰指甲，草木用晶莹露珠传递情话。

暮晚，我去迎父亲回家。夕阳在山，白鹭缓缓飞向霞光。我牵着黑子，父亲扛着犁。我见过犁在泥土里行走，也见过犁骑在父亲的肩头骄傲。耕田的人，宠溺自己的犁，早晚得把自己压垮，像枯草一样被丢进黑土地里。

　　我迷恋这前往父亲西大滩的路途,至今,依然延伸在故园旧梦里。美丽总让人忧愁,太阳与露珠不能同时存在,太阳会把月亮送给我的礼物领走。我在露珠的眼里看见浮世万千,皆不及我的父亲。

　　父亲在西大滩耕作,白鹭在曙光里翩飞。一只褐色的大鸟路过,莫名其妙地呱呱两声。大鸟在我的头顶叫出一个洞,黑黑的洞。我仰头张望这黑白如影的世界。我不知它来自哪里,也不知多年以后能否再见。它只是路过,我们似乎没有交集。我离家已近三十年,父亲也走了很远。我不曾回到父亲的西大滩,为父亲做点收获的事。一个乡村伢子的自尊,在梦里被路过的一只大鸟击碎。

　　苍穹之下,众生匍匐。一只白鹭安静。一群白鹭起飞。而突然间,全都无影无踪,连同我黑瘦的父亲。

经过草火的月光也经过我

　　秋,稻草连同它火一样的颜色,都被村人当作丰收的一部分收割回家。屋舍散着谷香,土场洒满月光。稻草金黄,月色清白,秋夜安适而又宽敞。月光与稻草,你扶我摇荡,我辉映你无眠。露水小心翼翼,受着月的指引,爬上高高的草垛。人收获稻谷,稻草捧起露珠,露珠是月亮献给稻草的爱情信物。

　　秋夜好眠,我迷糊,不知谁落入我清凉的梦。我睁开眼,头顶亮着灯,那是秋的月亮。哥摸摸我濡湿的头,嘿嘿笑。我摸摸哥的手,嘿嘿笑。

　　临夜,哥裹张草席,我抱床薄被,我们去晒场的草垛。秋收的谷粒已归仓,早就没什么值得日夜守护。稻草抱成

团,簇拥成高高的垛,像是斗志昂扬的堡垒。乡村没有敌
人,乡野无须设防。哥说,草垛里藏着一团热乎乎的火。我
扑向草垛,是的,稻草比稻谷热乎。秋收,是一场人欢马叫
的庆典。哥帮父亲收割脱粒,汗水晶莹,谷粒亮堂,稻草里
蓄着太阳的金色光芒。奶奶招呼,抱一捆稻草回家,黑黑的
灶膛亟须点燃。咕噜噜,香喷喷,清水白米,填饱一个接一
个烟熏火燎的早晨。父亲抱一捆稻草回家说,我长大了,要
学学捋草搓绳的本事。我上凳,压草,搓手。草绳粗糙、绵
长,像稻茬地里扭动的一条土蛇。我也抱一捆稻草回家,不
忘照料精瘦的黑子。我理稻草,哥包裹黄豆,黑子像推磨一
样细嚼慢咽。黑子的胃口好,嘴角垂落一线线白沫。农闲,
牛闲,我在堂屋跑跳,黑子卧在蓬松的稻草间。黄豆黄,黑
子黑,辛苦耕耘一年,父亲说,这是劳作者应得的犒赏和尊
严。西风渐凉,我与哥抱一捆稻草回家垫床。人在草梦里
悠游,火在月光下燃烧。

　　那时,哥十五六岁,我七八九岁。哥领我去稻田看水,
去场地看谷子,也领我爬上高高的草垛睡觉。乡夜清远,秋
梦细长。我睁眼,是黑披风一样严肃的星空。我闭眼,是虫
子夜不能寐的骚动。我翻身入梦,梦里有一扇草扎的门,门
外落着麻雀和青蛇。风在草垛上晒太阳,火在草垛里望月

亮。哥赤膊在场地上叉草，父亲赤膊在草垛上堆放。我围着草垛跑过来跳过去，像只心醉神迷的黄狗。我凑上前，摸摸哥的胸膛，一块红一块黑，里面藏着盆一拨就亮的火。

"哥！"夜半露重，我喊哥。哥迷迷糊糊应着："嗯！"算是为我凉凉的梦续了一把火，温热又明亮。我与哥，一张草席，一床被子，是一个火炉里同根生出的两团火。

"哥，我的火把要灭了。"我远远地喊，哥飞奔过来，点着，甩动，奄奄一息的火把再次星光四射。地上星，天上星，旋转的星在乡野的稻茬地心花怒放。

八月节，哥领我玩火把。稻草火把，需要亲手捆扎，需要自家稻草垛上的草，需要去自家稻茬地奔跑。那时，村里人家多，谁家都有几个半大不小的男伢。我们手举火把，一团火在村东，一团火在村西，李家的，王家的，蒋家的，火光四溅。我随哥，高一脚浅一脚，冲锋陷阵似的奔向西大滩的稻茬地。一个男伢子，一群男伢子，摇动火把，四下里蹦跃嗷叫，像被点着尾巴的黄狗，誓将悬在白杨树上头的月亮咬下几口。

"八月节的月亮十八斤重，"哥说，"谁的火把亮，谁的呼声响，谁家来年的运道就旺。"我抡起火把，叉腰向天，声嘶力竭，依然一口没咬着。秋后的月亮肥嫩，八月半的夜晚诱人。"哥,你帮帮我嘛。"哥好像没听见,甩着火把,翻过西大滩层层叠叠的田埂,汇入燃烧的盛典。

明月之下,火聚如龙。男伢们在赤裸的稻茬地奔跑。奔跑,跳跃,翻滚,像急红眼的野兔子,慌不择路。兔子不跑直线,男伢们有能耐跑出花来。村里没多少好看的花,荷花、稻花、棉花、雪花、槐树花、菱角花、山芋花、西瓜花。男伢们大多不读书,不懂花言花语,也不懂村头那条土路如何与外界保持坑坑洼洼的联系。他们却懂村夜的心思。月亮把情思托付给露珠,男伢们用火照亮村庄的土地。土地住着村人的祖祖辈辈,劬劳一生,只为表达对土地的敬意。

男伢们试图用火把照亮或是叫醒野地,其中说法,没有谁能说明白。父亲说是祖上传下来的,哥哥说是过节的一部分。是的,男伢们都记着中秋夜肩负使命,举起火把,去野地里奔跑。

黑黑的村庄,需要火把点亮。黑黑的夜晚,需要月光照彻。

我高举火把,不断向满月的光芒呼喊。我为自己的火把灼灼不灭而自豪。哥告诉我奔跑的使命,我们骄傲得像田野上巡视一切的父亲。

灼烧的火,呼啸的风。月圆之夜没有风,奔跑就是风。

月圆之夜没有火，高举就是火。

村庄最热烈的事是秋收。秋收如火，收完，秋就随低矮下去的火苗凉透。但总有几个灰头土脸的男伢，尚未从兴奋点跳下来，他们四处游荡，像秋后被绿头鸭追赶的土蚂蚱。

玩火，一年只此一次。没人会在日常的野外玩火。奶奶说，夜火玩不得，先人会顺着火光找上门来。哥说，玩火尿床。尿床这东西如果被伙伴坐实，会成为一辈子的糗事。不过，八月半例外。这一晚，伢子们忘乎所以。一贯喊得紧的爹妈就着南窗的月亮睡下，不喊也不找。一贯叫得欢的黄狗一声不响，白嫩的月亮迷了它的狗眼。月亮热情饱满，闪亮出场。不论谁家的伢子如何喧嚷，月亮绝不避而不见。乡村八月半，西风紧，夜色凉，需要野蛮生长的男伢把它点燃。

伢子在追，在跑，在原地燃烧；在稻茬地，在花生地，在坑坑洼洼的年纪。伢子像灰兔一样，像草狗一样，像着了魔的黑巫师一样。伢子们像田野上闹腾的萤火虫，一点光也有一点光的闪亮。乡村野性不改，伢子野心未泯。

一年只此一次，哥把火藏在高高的稻草垛里，父亲把火藏在嶙峋的骨头里。村里，藏得住火的，除了黑黑的皮肤，只有火红的骨头。

草火是捉摸不透的灵怪,有时暖如雪夜的酒炉,有时烈如长獠牙的豺狼。火藏在稻草垛里,火生在白杨树上。火有时心灰意冷,化成绵软的草木灰,有时毕毕剥剥,得意地从黄豆秸秆里露出红扑扑的脸来。夜黑天凉,人需要草火的温暖照耀。饥寒交迫,人需要草火的蒸煮依偎。人一辈子倚靠火,临终把自己一并托付给火。

没有人敢去抓火,都是小心再小心,捧在手心或是举在头顶。举火的人得火普照,抓火的人被火抓走。奶奶把火供在堂屋的香案上,像祖先一样。父亲把火供在堂屋的香案上,像祖先一样。而今,我把火供在堂屋的香案上,眼睛红湿,默然不语。

远处,村庄像只卧倒的水牛。哥不见了,父亲不见了,屋山头的场地空空荡荡。

村庄空空荡荡。我与许多飞虫一道投入城的灯火。而月亮高悬在乡野的半空,哥与父亲仰卧在黑暗的泥土里。

月亮照彻乡野,却不曾光临城池。城里的灯火闪烁其词。今天不是八月节,为何火光中影影绰绰,人声鼎沸?车在马路上疾驰,人在灯杆下顾影自怜。八月节,城里没有月亮,没有草垛,没有男伢们湿漉漉的乡梦。城市用灯火覆盖月光，而我昏暗的梦里，一夜一夜亮起的依然是月亮。一把火燃烧着，潮湿，冒着烟，领着我四处游走。

伢子们在稻田奔跑，火光如潮。秋的火光被月亮回收，秋的尾音被鸣蝉拖入沉静的淤泥。经过草火的月光也经过我，渐渐黯淡，渐渐陈旧。

太阳陪我走了一上午

太阳是条土黄色的幼狗。它在阳光温热的秋日跟着我，我叫它太阳。如果它在我走夜路时跟来，我会叫它月亮。

秋草黄，秋风凉，人的秋收结束了，田地袒露肚皮，摊开手心，空空如也。该交代的已经交代，没什么值得带走或挽留。

白杨叶子落尽，飞鸟无处藏身。鸟窝，鸟鸣，都没有遮拦。咕——咕——，这是凄凉而无助的斑鸠，一声长调，足以把田野洗白。它们拥护村庄，但村庄出卖了它们的秘密。晚秋的鸟鸣悠长而冷清。褐色鸟群落进灰白的稻茬地。那儿温热，那儿尚存稻香。既然不能在辽阔里飞成凤凰，就贴近泥土，接受委曲求全的坦然。

许多狗在秋天的草野上跑。村庄毁了，草木枯了，许多狗无所投靠，像野草一样在风中落魄。腿野了，心野了，种也野了。迎面跑来几只狗，分不清哪是土狗，哪是城里流浪而来的宠物狗。我把这些浪迹草野的狗统称为草狗。

草野是草狗的营寨。乡野的草很野，野蒿、野芹、野麻、野豆、野稻，都以野姓冠之。它们不投靠世人，我行我素，像野鸡、野鸭、野猫、野狗、野猪、野马、野人一样。野，不坏，可理解为自由、自然、拙朴、质朴。蒲草、红蓼、益母草、鸭跖草、斑地锦、蒲公英、马齿苋、刺儿菜、婆婆纳、宝盖草……乡野的草木不守规矩，像村里的伢子，野性不改，潦草任性。偶有几枝幽然冷艳，从不拒人千里，只要你有十分的热情，它总能回报你满心的欢喜。偏有人不知趣，斥之为野草。你看，池塘里那些与鸣蛙水禽为伴的蒲草，清香，笃定，像是隐逸乡村的闲居者。宝盖草常怀佛心，擎一把紫红的花伞，静坐莲花高台，观人间自在。五味子与牵牛花爱较劲，它俩的藤蔓一个顺时针旋转缠绕生长，一个逆时针旋转缠绕生长。一年蓬，躲在向阳的角落，举着素淡的小白花，做着乐观主义的春梦。它的梦很小，只想体验看见一朵雪花的快乐，只想拥有一个完整的四季。

太阳在草野奔跑蹿跃。我在久违的家园徘徊。

蜘蛛蛮横，在我怀旧的路口拉网，把我当作一条迷路的鱼。

咕咕咕，光秃的大叶柳上落下一只戴胜鸟。咕咕咕，三声，不多不少。它对自己的嗓音很满意，频频点头。虽然它身着凤冠霞帔，我依然叫它臭姑鸪。鸟雀们爱惜自己的羽毛，闲了就梳妆打扮。戴胜的长嘴巴不只为翻找虫子，也是为美而生的秘密武器。它的光彩不止于黑白与棕红，那高高在上的羽冠足够胜人一头。戴胜，你听这名字，名声在外呢。欲戴王冠，必承其重。为名所累，它的生活就是等待谁的到来，或是准备去见谁。汪汪汪，太阳回应了几声，以示友好。但它显然把我当作不速之客，选择落荒而走。

别打它们的主意，谁也不愿被人招安。

太阳与我一样，喜欢这些草野间的另类：戴胜、斑鸠、山雀、野鸡、灰兔、苦恶鸟。呼啦啦，褐色鸟群从眼前掠过，落进坝上光秃秃的杨树林。我驻足仰望，太阳也摇着尾巴东张西望。草野让人相信生灵的活泼与友善。

"世界的启示在荒野。"自然界的生灵给人以仰望世界的全知视角。

乡野的路越来越少，它们追随村人的脚步去了城里。

它们都往城里赶，路与路撞在一起，路与路缠在一起，扎堆，重叠，路满为患。城里人想不通，路越来越多，为什么越来越堵。

乡野的路随人走了，鸟雀告诉牛筋草，牛筋草告诉茵陈蒿，茵陈蒿拉来野豌豆、菟丝子和葎草，它们按照草木的行走方式，走出一条草路来。从此，乡野多了许多草路。草路上，太阳在吠叫，众狗在奔跑。于是，草野上多了许多条狗路。

马从马路上消失。牛从牛路上隐遁。人离家的时候，不要那么决绝，多回头看看，记住哪条是多年后返乡的路。

我在晚秋返乡。茅草匍匐在地，以最谦卑的姿态迎接我。我不必刻意跳来跳去，轻轻踩上去，软软的，感受草木如秋阳一般的热情。刺针草、苍耳子，急不可待。火棘果、珊瑚子、山茱萸，举着红灯笼等候我的归来。草木皆是火一样热情的种。你若是城里回来的伢子，它们像迎客的看家狗，黏着你的腿，尾随你左右。你若是过路的候鸟，池塘边的蒲草丛，西大滩的构树林，都温柔地立在晚霞里招呼，下来歇一歇。

只要不像车轮一样来回碾压，踩几脚，它们不会喊疼的。野草低矮，但不脆弱。灌木歪斜，依旧坚韧。它们的身体里藏着火,从太阳那儿采来的,土黄,紫蓝,像野火一样蔓延,灼烧,闪耀。

太阳是草木的精神信仰,草木是人的肉体凡胎。

人能耐大,大不过野草。帝王宣告天下,普天之下莫非王土。而事实是,莫非野草。人野心大,大不过野草。人活千秋,临了入土,还是被野草踩在脚下。

如果人能如鸟一样俯瞰村庄与城池,村庄是搭建在草木间的鸟巢,寂静而闲适;而城池是滋滋作响的迷宫,人流、车流、电流,随波逐流。村庄,城镇,都是人向草木自然租借的临时居所。人绝非不可或缺。你与我只是一种到来的形式。人离开,草木生灵会到来。你看,荒草已填平人畜踩下的坑坑洼洼,虫鸣已覆盖人烟散尽的村庄。

自然不模仿人,而人模仿自然。隆隆隆,平静的乡野冒出一条轰轰烈烈的铁路。高铁穿梭,银色的机车拖着坚硬的线,上海、南京、合肥、武汉,南来北往,经纬交织,联成网,像蜘蛛网似的铁路网。然后,田野,村庄,乡镇,我和太阳,都落入网中。

太阳陪我走了一上午。众生慷慨,人世无限。

当我和父亲谈论春树时

我问父亲,春天村里什么树最多,他说,当然是椿树。

椿树,为春天代言的树,当然多。村里椿树多,如各家攒动的伢子们,少则三四个,多则六七个。树与人一样,不娇生惯养,独自野蛮生长,树和人总是各自兴旺。

椿树分香椿与臭椿。香椿,是村人迎春仪式上的香香公主。盐水香椿、凉拌香椿、油辣香椿、香椿炒鸡蛋、香椿皮蛋拌豆腐,一香百香,都是对春的一"香"情愿。只可惜村里的香椿树纤细瘦小,尚在萌芽状态即被美食家们惦记。爱得迫切,果真是一种巨大的伤害。而臭椿,不必解释,臭名远扬。臭椿材质松软粗劣,不中绳墨,不中规矩,大而无用。

因为香,早晚总被一双双焦糖色的眼睛垂涎。为名所累，是常有的事。因为臭，得以在无何有之乡，尽享生命逍遥。臭或香，本是一种生存之道。幸或不幸，自然早有公道。

微苦的人生没有鸟的光顾。没有鸟的光顾，未尝不是好事。鸟不来赞美，索性不管不顾，落得人世清静。人有人世，树有树界，各自活在自己的世界，卑微或是高昂地活成本该的样子。

当我和父亲谈论春天的树时，我其实是在谈论父亲。

父亲沉默寡言，不问人间是非。是非之外，他只在乎西大滩的田地。无穷的远方，无数的人，都和他无关。他甚至不懂忧国忧民，或者战争与和平。他不与土地争四季，不与天空争色彩，不与河流争点滴，不与时间争分秒。不是不争，而是不必。父亲有自知之明，他从太阳那儿知道自己在田野上行走的样子，飞鸟走兽，蓬蒿莩草，麦子稻谷，大家各行其道，各自安好。人一旦聚集成群，总喜欢争强好胜。而人在田野，像珍稀动物一样，与谁争呢？牛羊吃草，太阳下山，鱼游水底，飞鸟越过漫天的蓝。父亲只关心田里的粮食和家里的孩子。春耕，秋收。养家，糊口。他一人领着我们三个，从春天走向春天。哥，姐，我，是他劬劳一生的证据。

哥像别人家的男伢一样，小学一毕业就回家继承祖业。

十来岁的孩子，在生命的春天里，像父辈一样，成为乡土上一棵苦涩的椿树。哥做家务，学种田，学手艺。父亲送哥学木匠手艺，师父是退伍回村的姑父。姑父招了三个徒弟，二伯家的二哥，三伯家的二哥，还有我十七八岁的哥。春天，哥随姑父攀上高高在上的房梁。架梁，挂红绸，撒喜糖，爆竹声惊心动魄，人家喜气洋洋。新居落成，对谁都是可喜可贺的事。哥骑在大梁之上，挥斧砍斫，像是众望所归的创世英雄。父亲仰着脸，一会儿看黝黑的哥，一会儿看湖蓝的天，欢喜又紧张。姑父说，长大了，能干着呢。

　　姐像村里许多人家的丫头，自小上的是农校。农具是她的笔墨，田地是她的纸张，奶奶、婶婶、姑妈、堂姐堂嫂们是她的老师。劳作技能，为人美德，生活智慧，姐一点就通。父亲心疼姐，在春天里挖了一口井，水暖，水清，水甘甜。姐喜欢放条木凳坐在井栏边，洗衣，洗菜，洗锅碗，洗濯家里所有的不畅快。曙光，暮色。四月槐花开，腊月雪花落。村人的一点洁净与文雅，都在这日复一日的揉搓中，漂洗，简化，泛白。直至有天薄得断了线，光阴里泄露了天机，就用糨糊打成隔板，纳作鞋底，轻快地踩在脚下，前赴后继。姐不再去村西的水塘，她喜欢这口井，水源源不断，像一条滔滔不竭的河。奶奶说，咱家地下有条活水河，好运会慢慢地流淌过来。

奶奶说的都对，因为我是奶奶的影子。奶奶提灯在前，我一定藏在灯影里。霞光初起，奶奶给西大滩的父亲送饭，我跌跌撞撞，冲在坑坑洼洼的时光前头。暮色沉沉，奶奶在油黑的灶台上洗刷烧煮，我在红热的灶洞旁点火，扇风。父亲负责田地，奶奶经营家里。春天，青黄不接时，我们去油菜地里摘菜薹。回来后洗菜薹，晒菜薹，腌菜薹。菜薹摘多了，父亲就心疼，因为会影响午季油菜的产量。菜薹摘少了，奶奶很犹豫，伢子没菜吃，面黄肌瘦。生吃，蒸吃，端午放几个青辣椒炒着吃。春吃，夏吃，风凉还能摸出一把金黄炒豇豆吃。鲜，酸，苦，最后一定是臭。臭，像臭椿一样，能长出白白胖胖的虫子。终于，菜缸空了，敞口放到太阳下，告诉路过的眼睛，又熬过一年。

人是要吃饭的。饭是田里长的。父亲不在乎种地的经济效益，他只关心粮食本身。春天，每一位土地的孩子，都如父亲一样，对土地和粮食饱含近乎神圣的期待和崇敬。

父亲的门前有许多椿树。椿树上来来往往许多鸟，麻雀、黄莺、乌鸫、灰喜鹊、白头翁、白鹡鸰。鸟是椿树上飞来飞去的芽。父亲只是欣赏，没打算敲打任何一粒紫红的芽。父亲的西大滩有许多树，自由自在的野树。田野上的鸟不栖村里的树,鹭、斑鸠、秧鸡、布谷、苦恶鸟,各在各的水土,各守各的树头。

儿女是春树上的鸟。鸟是春树的芽。春树发芽,春树枯黄,春树被一阵风呼地穿心而过。春树哗啦啦倒了,春鸟扑棱棱散了,春天也就像虫洞一样空空荡荡地过了。

野性不改

    王三、黑三、三侉子、三秃子、豁牙巴、鼻涕精、精赤狗、水獭猫、野鸭子、刀鳅子……在村里,我的小名多,个个像荒草一样,野得很。

    黑三?妻问,天生就这么黑吗?我说乡野伢子,白天晒太阳,晚上晒月亮,全天候地黑。匆儿、朵儿兄妹出生后,与我一样黑,黑的真相至此大白。妻问为什么,我说人种关系吧。黑土地生养的人,皮肤里浸染着泥土的颜色。

    三侉子,是村里李家二伯的杰作。他给人家杀猪,噗的一声,血光四溅。我们小伢子跑去围观,紧张得热血沸腾。他围着烫盆转,热气腾腾地给猪吹气剃毛、开膛破肚,还不忘油腻地开我们的玩笑。对于我,他总说我奶奶某天去街上，又在哪个店铺前遇见个瘦黑的叫花子，一问，原来是个没妈的侉子。他的嗓门油滑，像他正在扒拉的那副猪肠，大肠白花花，小肠光溜溜，那味道让人作呕。我记忆里没有妈妈，总觉得自己真是奶奶从哪个风刀霜剑的故事里捡来的。我憎恶成人对孩子的欺骗和伤害，但迫于他手上明晃晃的尖刀，不敢做任何形式的反抗，哪怕是远远地吐一口浓稠的唾沫。偶尔，他也会微笑着向我丢来一团热乎乎的东西，是猪尿泡。我就感激地捡起，飞奔回家，与四哥一起去灶灰里揉搓，吹气，踢上一整天。对李家二伯，我没好感，也不记恨，他对我来说就像盘桓村子领空纵情撒野的灰喜鹊。离乡以后，村里再无我的野语流言。等我突然怀念旧时杀猪的事，父亲说李家二伯病死已经好几年。

　　到了八岁报名上学，我才知道自己的真名实姓。论资排辈，族谱上我的辈分是家，名叫斌。斌，是文武双全，而我恰恰愚笨黑瘦。小学几年，我总被班里的野伢子嘲笑。幸好，后来村里统一办理身份证，老队长给我改了名，王加兵。我说，老队长是村里最有文化的，为什么三个字错了两个。父亲说，队长大人觉得你不配那样，应该是这样。哎呀，队长是村里一把手，一手抓生产、抓生育、抓教育，另一手抓贼、抓赌、抓阄，有时还要抓耳挠腮，抓抓谁的小辫子。老队长已经很老了，依然什么都要抓，搁谁都抓狂。

　　我的亲人一直叫我三子。他们没赋予我多少文化内涵，不懂，也没必要。乡野村夫，遵循朴拙的自然秩序，一二三四五六七。家里六七个伢子，取上六七个高端的名字，对扫盲班出身的村里人来说，是巨大的文化消耗。老大，二子，三子，四子。与我是同学的堂叔排序第六，我们都叫他六子，简单又顺溜。他家八口人，八张嘴，糊口，堵嘴，吃是最重要的文化。村里人大多与书无缘，但个个与自然二十四节气相亲。旷野泛绿的时候，他们身在其间。旷野金黄的时候，他们身在其间。旷野荒芜，人世百年，他们依旧身在其间。

　　野，不是坏。潜龙在野，鸿雁在野，五谷在野。世界存在于野。明艳鲜美的生活总是野得很。

　　村里，我们互相称呼三胖子、二瘦子、哑巴子、小刘子、老麻子，没见谁红过脸。至于亲戚长辈，称呼他们的小名我们是万万不敢的，大伯、二伯、表叔、姨娘、四舅、三爹，我们远远地迎上去，深情地叫一声。眼必须亮，嘴必须甜，心必须真。野名之外，能真正地记着一个人姓名的，是上学时或上坟时。上学时，语文老师总爱叫邻村一个女生的名字，温和，轻软，像念一首诗。上坟时，家人抚摸墓碑，眼里空余那人干瘪的生死年月，以及躲进石头的名字。生死一场，人世几回，总得留下一点什么。尽管，这个人的社会影响不值一提。

祖父给七个儿女取了一串光宗耀祖的名字，王光荣，王光华，王光霞，王光富，王光贵，王光龙，王光凤。荣华富贵，人中龙凤，苦命人也可以有一个光彩照人的梦想。自军阀混战开始，逃乱，逃荒，逃命，从那个村庄到这个村庄，拖儿带女，浪迹四方。我的先辈们在阔野之上奔跑，远不如父亲西大滩的那些野兔。安全地活着，就是他们生活的全部。

生，没有卑微与丑陋。活，不必高尚与尊贵。呦呦鹿鸣，食野之苹。鹤鸣九皋，声闻于野。平野、旷野、田野，草木在野，村庄在野。原野不是巨幅油画，画家无法再现大地的神秘。绘画的高明技法在自然面前捉襟见肘。苗青草绿菜花黄，麦熟稻香雪花白。雪的颜色纯粹单一，但成就了天地包容一切的壮阔。土的沉默一如既往，但人语鸟鸣、流水清风，永远是它最美的歌唱。

田野不会说教，它把美坦坦荡荡地呈现在人世。美，是欣赏者的心理满足，是美学家的艺术创造。和谐，自由，明亮，这些溢美之词，让乡野害羞。乡野不是为了讨好而美，美是与生俱来的姿容。这像村里寡言的伢子，他们没读过几本书,依然快活得如同二十四节气里的花鸟欢腾。春风春水,春色蔓延。绿莹莹的季节,甜丝丝的微笑,都无须书面语言的润色。野性,是生存本身,而不是头顶之上眩晕的文艺观念。

春天里,如果乡野上的人逃离村庄,那响彻心扉的鸟鸣会重新接管土地。春天里,如果城市归于寂静,那病毒就顶着王冠登堂入室,纵使是魔都,道德与斯文一样会溃不成军。

野有蔓草,零露溥兮。野有归人,目光清澈。野性不改,我牵挂那些风一样飘着的风物。为了避免走失,村人为每一件东西发明了好听的名字。它们曾经独属于一个叫冯石的村庄,现在这个村庄已寂灭于残砖断瓦的荒芜。

菜瓜、茭白、白瓜、菱角、荸荠、酸溜子、墙木苔、甜草根、癞葡萄、野草莓、鸡溜皮、鸡乐果、漂亮果。草木瓜果是村庄的仁者,清修自己,惠施众生。村里的漂亮果,果真好吃又漂亮。漂亮果在三四月里开花,花朵素白、浅香,不似招蜂引蝶的蔷薇。麦收时节成熟,金黄或红艳,有点酸有点甜,刚好迎合伢子们青黄不接的肠胃。教科书上称其为覆盆子,村里伢子想得美,叫它漂亮果。

斑鸠、白娥、狗雕、老鸹、苦恶鸟、水咕噜、褐雀子、栅刺

狼。鸟雀是村庄的歌者，但栅刺狼不是。我乐于把最美的
词汇献给鸟，而村里人对灰喜鹊大有成见。栅刺，恶狼，刺
痛心扉，声名狼藉。我无法套用文化用语把它们阐释得活
泼又吉祥。儿时，门前屋后，横七竖八，都是栅刺狼像黑色
胎记一样的窝。它们的家族盘踞在白杨树梢，为争夺生存
领地而放声尖叫。不知是与黑乌鸫争夺，还是与人争夺，喳
喳喳，嘎嘎嘎，唱京剧黑脸似的，误以为嗓门大小与气场成
正比。栅刺狼野得有点霸道，早晚会招绿林好汉替天行道。

　　草木鸟雀，是我望向村庄的角度。而吃，永远是村里伢
子们品味人生的唯一出口。锅巴、馓子、巧果、雪枣、糍粑、
麻团、皮子、鲊肉、炒米、糖稀、羊角糖、花生糖、山芋干、甜大
梢、蒸英子、炸蚕豆、酱菜瓜、炕粑粑、柿饼子、炖蹄髈、煎饼
馃子、炒豌豆头、炸糯米圆子、黄豆煲咸鸭、鸡蛋炖毛豆、韭
菜炒螺蛳。三四月间，窗外的斑鸠用长调叫醒田野。春雨
春韭，一夜间绿了奶奶的锅灶。韭菜饺子，韭菜鸡蛋，最佳
组合当然是韭菜螺蛳。韭菜好吃，螺蛳难捉。我与哥抬出
拉网，去凉凉的水塘里碰运气。我们满心期待地放网，来来
回回地拖拉。终究如愿以偿，收获水淋淋的半桶螺蛳。水
焯，针挑，欢喜地给奶奶递上一碗清白紧实的螺蛳肉。奶奶
说，韭菜炒螺蛳，要有辣椒，红色的，红红火火才够提振一个

春天的勇气。火旺,油足,刺啦一声,有股飘飘欲仙的香气。春韭炒螺蛳,辛香滑嫩,算是农夫遇见村姑,不事张扬,而爱的滋味悠远绵长。田野上生活,不必含蓄,没有谁能禁受住春的蛊惑。春天里,一盘韭菜炒螺蛳,不论牛年虎年,整年阳气十足。

能吃的,我记着。好吃的,我记着。贫瘠年月,美食等同于至高无上的美德。牵肠挂肚,村伢子的胃口大开。没有倒人胃口的食物,只有吊人胃口的诱惑。别问村伢子什么打动他的心扉,要说什么刺激了他的肠胃。等我老了,嘴角流着口水,莫以为是痴呆不能自理,我睁眼闭眼脑海里都是旧时滋味。等我老了,草一样枯了,求你别把我推进电炉子里烧烤,把我丢进村外黑黑的泥土,可以肥田,也可以滋养几朵蓝莹莹的婆婆纳。

我早早地逃离村庄,悄悄地投了他人的城池。我羞于说这些野蛮的生长故事。野得离谱,食谱、画谱、琴谱、花谱、草谱、虫谱、鸟谱……城里人做事靠谱,他们不信这些没谱的野东西。

而那正远我而去的土地,以及土地上的人们,都是我的朝思暮想。

山河在野。父母在野。禾麦在野。苦瓜、白菜、山芋藤，都远如我的亲人。我随父亲去西大滩收割一片金色的雪，看见我的哥，我的母亲，以及我落户在村庄的众多先人。我误把镰刀当作笔，在荒寒里，伤了自己，也触痛了村野上故去的父亲。

四月像蓝天低垂

父亲病着，我坐高铁来来回回地奔走。

到家，我也做不了什么，只是陪父亲说说话，或是去村野上走走。父亲话少，言语不离他季节里的几亩田。话少，也比我强，下田我就是个农盲。父亲向我介绍他西大滩的麦子和菜花。三月麦苗比鸟鸣明亮，四月菜花比蜂蜜香甜。当然，还有坝上的四哥，他搭了一间黑瓦屋，拴了几只雪一样白的羊。

坝子在西大滩的西边，蓄水，备战春干夏旱。城里油金贵，村里水有地位。上善若水，水是村庄温热的血液，一层蓝汪汪的水，煎熬多少红肿的眼睛。旱季，村人去山里水库买水，去长江那边翻水。水翻山越岭来到村里，村人望眼欲

083

穿接着水。水是村人从远方接来的福音。天不遂人愿，事不如人意，旧时的村庄，这是常有的事。

而今，春风鼓荡，碧水微漾，四月像蓝天低垂。坝子总是满着，但村子干瘪得只剩下名字。一户人家进城，我们会想念。一个村庄拆迁，满眼是疤痕。邻近十几个村庄突然云一样散了，撒落的是广大的空寂。

屋子低矮，坝塘清亮。空旷的田野，有一间屋子，一个黑胖的人，还有几只雪色的羊。

父亲说，我们家刚从夏庄搬来小王村的时候，也是这样一间一间搭起。而现实是，父亲在余生看见一间一间屋子哗啦啦地化作飞扬的尘土。

我说，四哥一个人孤单吧。父亲笑，他有一条小黄毛，神得很，出门跟着，下田陪着，打个呼哨，小黄毛立马蹿过来，像个四五岁的小伢子。四哥喜欢狗，像是对待自己四十多年的兄弟。土坡那边，四哥开着农用三轮车，突突冒烟而来。突突突，左冲右突，突出重围，四哥像过关斩将的关二爷。村庄里总有几条坑坑洼洼的机耕路，在机耕路上摇摇晃晃的感觉其实也不错。四哥的狮子狗，亲昵，活跃，像个热情而英俊的迎宾人员。

我返乡，四哥捉来半桶龙虾，大红大紫。清明前后，种虾育子结束,大功已然告成,披红挂绿那是应得的奖励。四哥拎出一只,龙虾张牙舞爪,足有一两重。小霸王,大将军,四哥的脸上映着枣红的光。养殖龙虾小有收获,他的心亦如枣甜蜜。四哥的脸红黑粗糙,四哥的身子矮胖健硕。土地上劳作的人,慢慢地把自己也变成作物的样子。

我们在坝沿上走,像几只闲散的灰斑鸠。风在太阳的指挥下,拉出一大块蓝色的绸缎,作为四月的帷幕。花喜鹊攀上杨树梢,摇着一树绿色的旗帜,向四野的花草们打招呼,咋咋呼呼。它高高在上,渴望征服坝子四周的土地。然而,狗雕不甘示弱,盘旋叫嚣。要要要。这叫声有意思,要,要什么?想从花喜鹊那儿索要点花花草草,怎么可能?狗雕不是狗,只是爱在高天上像狗一样乱叫。乡野自由,你们爱怎样就怎样,没有谁会搬出《思想品德守则》来指责。野豌豆戴上紫红的花,约同伴清明时节去坝上踏青。泥胡菜高举花骨朵,表示同意。茅莓从灰白的茅草丛中探出头,朝风轻轻地摆手,它有孕在身。那么多的孩子需要照看,育养是件有关生死的疲劳的事。巴根草铺上碧绿的地毯,青蒿撑起蓝莹莹的天。鸟雀不会虚伪,花草不会压抑自己。土地是粉色的产房,草木在三月的惊蛰相亲,鸟雀在四月的清明婚配。四月在燃烧,架着绿色火焰,不可阻挡,漫山遍野。

四哥在坝沿上栽种，开出萝卜花、蚕豆花、油菜花，还有一树粉红的桃花。拆迁小区在四里外的镇上，镇上没有一寸可以植树种菜的土地。四哥心里念着什么，脚下就能生出什么。几只雪一样白的羊，也是四哥种出的花。我抚摸山羊的额头，盯着它灰色的眼睛看，想起许多被风吹散的往事。

草生土地间，人生土地间。回到坝上，我看见四哥简单而饱满的生活。

四嫂去县里照顾两个丫头。乡里的中学废了，四嫂租了一间廉价房，接送，做饭，照看孩子的功课。城里的老师说知识改变命运，四嫂说，我没知识，我改变不了丫头的命运。丫头学业不好，四嫂无暇顾及家里的活，四嫂不知如何是好。四嫂信教，她送我一本经书，说这是她最信得过的书。

每一双从土地投向书本的眼睛，不论智慧还是迟钝，都值得尊敬。

土地是个好伢子，活泼，善良，本分。它自食其力，自力更生。它有生长的使命，有爱的慈怜。别人都努力找出千万条理由挺进城市，而四哥，不紧不慢，领着他的小黄毛摇晃着去坝上。有的路越走越宽，有的路走下去就是尽头。

我们立在乡野的尽头。泥土、露水、菜花、麦穗、野豌豆,簇新的菖蒲,在水面赛跑的一群野鸭,这些都是春天的妆容。生命,信仰,光阴,原来如此简单。简单,简单,简单,青蒿长高了,母羊下崽了,四哥要在坝上建房安家了。乡野辽阔,春风如客。四哥相信土地,把汗水与尊严都洒在那儿。大家不说话,万物静默如谜。

我跨进麦地,拔两根青绿的麦穗,递给父亲。父亲虚弱,麦子是他余生的安慰。春天与收成无关,那是一件绿油油的心事。

中午,姐夫邀来四哥,我们一起喝酒。酒是高度的白酒,菜是他下厨做的红烧龙虾,油,麻,火辣辣的香。喝酒,是村里男人的必修课,一股子蛮劲都自酒杯升起。酒酣耳热,高谈阔论,脸像泼了油一样红润。村里人不谈房价股价,也不谈疫情战争。他们谈土地上的人,土地上的事,以及随二十四节气一起到来的生产与生活。生产遵循时序,生活遵循时序,生命亦遵循时序。

堂嫂们总会拿我与四哥比,说我四十来岁,四哥五十多岁。我说,我俩打小是同学。四哥一直走在我前头,学习成绩在我前头,说话做事在我前头。

刚上初中,四哥就有自己的收音机。四哥把收音机捧在手上，走在路上，把音量调得足够大，让走过路过的人都能听到。新闻，广播剧，每周一歌，广告也好听。我什么也没有，而四哥拥有全部。四哥微微笑，把收音机放在堂屋香案上。香案与我齐肩高，我倚着趴着，侧着耳朵听。断电的夜晚，我守着微弱的煤油灯，遥想远方一道道耀眼的光。上回书说到……请听下回分解。岳飞传，杨家将，三侠五义，隋唐演义。微苦的人生总有蜜蜂光顾。饥肠辘辘的年月，一腔侠肝义胆，家国正气，果真不负咸菜白米饭的倔强生长。

"请听下回分解"，不论是单田芳还是刘兰芳，只要还想再听一回"上回书说到"，我俩必须拔腿飞奔。上学，不容有失。四哥有自己的收音机，因为学习成绩好，三伯奖励他。至于好到什么程度，我也不清楚，老师说运气好能上"中技"。那时学校不排名次，爱读的，不读的，顺其自然。

学校在白酒。白酒不能喝，那是个乡镇街道。我和四哥上学要走四里多路，偶尔会迟到。迟到，三伯决不允许，四哥肩负知识改变命运的伟大梦想。于是，四哥在前头跑，我在后面追。跨水沟，翻田埂，穿过菜花地，遇见养蜂人。春天没有用来学习，我俩的精力耗费在奔跑上。跑，是腿的事。听，是耳的事。一路小跑，耳朵没闲着。新闻，历史，都是收音机里听来的。道听途说，我喜欢这个词语。我俩像为国为民的壮士，奔走在匡扶正义的征途上，自足，而又心虚。我俩面红耳赤，气喘吁吁，晕头转向，像醉酒似的。学校名字如此醉人，白酒中学，我们能怎么办？四哥后来没有升学，原因不明。年级一共有四个班，约莫三位同学上"中技"。没考取"中技"，也没见四哥难过。证明自己曾是那一届的聪明人，这就足够受用一辈子。

四哥长我两岁。我们是同学，时而一个班，时而两个班，像是一棵树上两粒枣，早晚落进一个篮子里。四哥兄弟四人，行四。这很像父亲，兄弟姐妹七个，行四，村里许多人也称呼他四哥。

四哥不再听广播，他拜师学白案，开孵坊，做乡村厨师，去坝上搞农田养殖。回乡路遇面熟之人，问及彼此名姓，就说："我是王家银兄弟呀。""哦，我是王家银同班同学呢。"因为王家银，大家算是熟识了。其实，我们终究不曾想起对方，有四哥这个乡村名人在，别的可有可无。

聪明人，无师自通，术语叫学习力强。比如捉鱼摸虾，看似无技术含量，四哥硬是作为主业坚持十来年。做钓钩、下地笼、拉网、撒网、散丝网，都是技术活。四哥没有渔船，丘陵地区，也就一些野塘、涧沟，用不着。别人捉不着的甲鱼，别人看不见的白鳝，四哥行。四哥那时十七八岁，风来雨往的苦是别人家伢子没吃过的。

乡村伢子，天生一股野气，与野外草木鸟兽生息相通。三四月，雏鸟初生。屋檐下时有惶恐的羽毛飘散。四哥瞪着眼骂，狗东西又来了。血腥，歹毒，没有人性，四哥说的是蛇。惊蛰前后，大梦初醒的蝮蛇、赤链蛇，不顾灵魂的扭曲，爬向鸟窝，甚至鸡笼，做些毁灭人性的勾当。蛇，不讲人性，这是事实。那绝不怨四哥无情，赤手去掏，掐着七寸，拖出来，狠狠地掼在青石墙上。不狠不痛快，算是打抱不平，为民除害。自然，导致鸡笼里发出惨叫的罪魁祸首还有可能是黄鼠狼。饥寒时月，总有鸡鸭夜半遇害的惨剧。饿极了，谁都要做出点不讲道德的事。那时，常有小伢子半夜莫名哭闹，昏天黑地，无休无止。奶奶总会说，一定是黄鼠狼作孽。黄鼠狼是有邪气的，身影飘忽，嘴脸鬼魅，村里人认定每一次失魂落魄，每一桩天灾人祸都与它有关。但谁都不敢惹它。妖气、邪气、瘴气，四哥对我说，别信这些鬼话。他偷偷地改造捕鼠板，用死鸡诱捕黄鼠狼。这事是个秘密，我不敢向奶奶说。

黄鼠狼出没最多的地方是竹林。每个村庄总有一片竹林，绿茵茵，清幽幽，鸟雀多，动物多，坟墓也多。村人爱在新坟四周种竹子，一座坟头，一丛竹子，生命万古长青，竹子也蔓延成林。竹子是村人的远亲，编篮筐，支棚架，建屋舍，细长的竹竿帮忙赶鸭子。腊月小年，四哥领我去砍竹子。掸尘垢，除蛛网，把陈年的贫穷与晦气一扫而光。天寒地冻，白雪压枝。林间，麻雀们闹腾不休，却很难见到黄鼠狼。林地，静默着许多人家的祖坟，还有敞开着矮门的土地庙。我怕，四哥不怕。王殿怀，王锡周，王宏春。这里有我的母亲，有爷爷奶奶，还有爷爷的爷爷奶奶。四哥说，自家人不吓自家人。清明时，父辈领着我们男伢子去上坟，挖坟帽，添新土，草青，竹绿，谁都不哭。私下跑坟地上哭哭啼啼的，是女人们像竹子一样摇曳不安的思念。

五月，四哥领我打树叶。我就像四哥手里的棍子，指哪打哪。刺槐树的叶子，用棍子打，用手将，四哥干脆把我递到枝丫上，让我把树叶脆生生地扯断，贪婪地拖走。刺槐树只留下残枝败叶，自然招奶奶责骂。奶奶的愠怒比刺槐茂盛。我们将槐树叶晒干，用蛇皮袋装去集镇卖。卖了多少钱，一点印象没有。打树叶本不是为了钱，村里人都会打树叶。槐树叶躺在竹匾里晒太阳，香味浅浅的，我的心思软软的，像本热乎乎的故事书。

暑假，我们一起去放鸭。上百只绿头鸭叫嚣着夺门而出，或是斗志昂扬地扑向坝子。两家的鸭子厮混久了，回家就难舍难分。日久生情，禽畜也是如此。我们就给情迷心窍的几位染色，红色、黄色、紫色。但从不染绿色，它们的头已经足够绿了。要么就残忍地剪脚蹼，谁不回家，就给谁一点血淋淋的教训。依然不奏效，索性就成全它们，晚上不用各回各家。这成了奶奶的笑话，说有怎样的鸭司令就有怎样的兵。是的，我俩早晚形影不离，端两家的碗，吃一个锅里的饭。奶奶时常晃着碗底给我们看，上面刻着谁谁的名字。王光富，或是王光贵，一个是四哥的父亲，一个是我的父亲。无须分开，都是奶奶育养的孩子。

坝里有种神秘的果子，躲在水的影子里，不想被谁看见，更不想在梦中刺伤谁。莫问谁给它勇气，给它甜蜜，给它水淋淋的生长意义。浮水的叶盘，没有清香，没有风度，皱皱巴巴，满脸青刺。四哥格外喜欢，说它叫鸡乐果。我问啥意思，四哥只是乐。鸡一样快乐的果子？这鸡乐果，清香，微甜，晶莹水灵。嗯，这名字有意思。谁见过村庄里的鸡不快乐？打鸣叫早，刨土捉虫，下蛋抱窝，草垛上晒太阳，围墙外咯咯哒。村里的鸡，散养，比猪自由，比牛轻松，比狗有成就。不像城郊养殖场的鸡，吃激素，住暖棚，只待四个月后的廉价宰杀。鸡的快乐像水果，这是四哥的发明。

鸡乐果,穿着一身带刺的披挂。圆叶浮水,叠加挤压,有一副密不透风的好盔甲。我折一片滚水荷叶顶头上,显得傻气,女伢子相。四哥胆大,潜入水底,专拣那碧绿乌青的老叶掐,刺有花针长。四哥爬上柳岸,赤条条,水淋淋,披挂这件青叶绿刺护身甲,疼,却神气。四哥家的牛吐着白沫,从水里探头,看见这惨烈的没落武士,哞哞叫。四哥泡在水中,剥像刺猬一样的鸡乐果,扎痛了手,还是哈哈笑。我抠一粒放嘴巴里,微甜,略有点涩。

鸡乐果,学名鸡头莲,果实叫芡实,做糕点,味极美。但四哥居然不知道。

奶奶爱拿水獭猫吃人的事吓唬我俩。四哥不信,转身牵我就逃,亮盈盈地笑。水獭猫只吃鱼虾,油光发亮,自顾自伏在坝埂的柳树根下,清凉快活。乡野之上,人与草木百兽相安无事,各过各的日子,各享各的自由。

秋后,乡野渐冷。旧时,家里人多,锅灶的胃口大。缺少柴火,煮妇们的镰刀比北风犀利,荒草田野被收拾得比庭院干净。奶奶说,坝沿上的树根烧肉又酥又香。于是,四哥扛起镢头,领我踏上光荣的革命征程。栅刺的根、柘木的根、构树的根,坝上总有挖不完的根。我担心把根挖了,春天就没有树了。没有树,鸟雀会失落一个春天。四哥安慰我，有没有，开春后你再看。缺少菜蔬，四哥领我去坝里挖藕。这是勤苦的淮北人带来的新鲜活。秋风一凉，淮北人就来村里承包藕塘。一块四五亩的藕塘，出价千元。千元，抵卖一百只鸭子挣的钱。于是第二年三四月，家家户户都往野塘里引种莲藕。做春天的事，到秋后自有收获。有一年，淮北人住在我家，打地铺，起炉灶，叠放一屋子白白净净的藕。水凉泥黑，苦。咸菜馒头，苦。我与四哥围着他们转，看他们清塘挖藕，听他们扯着沙哑的嗓子说话。奶奶说他们的话侉，他们也说我们的话侉。我与四哥笑得四处跑，大家都是江淮之间的人。

我们还挖荸荠，挖泥鳅，挖茅根。地面突然露出一个洞，像谁把我的心连根拔走。从寒露到霜降，从小雪到大雪，一年余下的节气被我俩挖得漏洞百出，漏风，漏气，漏雪花。但春雷一响，所有的不平都接受草木的抚慰，深深浅浅，服服帖帖。

草木安抚土地，但不曾顾及四哥。四哥越来越胖，紫红的脸膛亮着火。四哥出门总忘记刮胡子，黑的，白的，高高低低，像被春天遗忘的稻茬地。他只长我两岁啊。

我离家外出工作，很长一段时间，四哥种十来亩田，捉鱼，摸虾，放鹅，养鸭，生活热热闹闹，却像水一样清清白白。

父亲用芦席隔了三间屋给四哥。父亲说，四哥对你好，给他几间，结婚用得着。第二年，四哥结婚，住东边三间。父亲一个人，住西边两间。

成家后，四哥在家里开孵坊。挑箩筐收鸡蛋，挑箩筐卖小鸡，也卖别有滋味的毛鸡蛋。在村里，这样算是做生意。四哥做生意没挣到钱，终于下决心坐火车去无锡做工。模具厂，屋是黑的，水是黑的，人也是黑的。只两个月，四哥就被四嫂叫回了家。我用钱游说四哥，他呵呵笑，不缺钱。四哥挣钱，供两丫头上学。学费、杂费、补课费、资料费、租房费、托人费。嫂子丢下家里的活，进城陪读。孩子能不能读好，似乎不是陪不陪的问题。

曾经，我是躲在四哥影子里的小伢子。他愿意放慢脚步，拉长身影，容留瘦弱的我。他熟悉那么多水域的深浅，他前往那么远的村庄和乡镇。奶奶说，四哥是一只水獭猫或是猫头鹰，离不开村庄的水土，却又能驾驭幽暗灵怪的空间。

四哥与草木一起，与流水一起，与缓慢的山河一起，沿着二十四节气的生命历法，在变与不变中成熟、衰老。生命是物质的，生长，延续，循环。物与人皆是自然的一种存在，无关意义与象征。

而我，在这疾驰的人间奔走，抛弃，割裂，碎落，遗忘。父

亲在时，为我离开而骄傲自豪。而今，父亲走了，我为离开而
怅然若失。离开，原来只是为了证明故乡才是最终的归处。

村庄没能及时回复我的遥望，四哥用青春一字不落地
活给我看。

我的成年生活，源自城市汹涌的浪潮。而那些少年美
好，全部自乡野获得。只惜，村庄给予的一点清水旧影，如
鸡乐果、黄鼠狼、茅草根、小竹林，就此成了我疼痛的记忆。
我明白，遥远一池水的事，不能算事的。

土地上许多事物一言不发。即使有鸟的光顾，也略带
苦味。

父亲终究走了。四哥架起桌案炉灶，负责做饭待客。

三伯和姑父也相继走了。四哥架起桌案炉灶，负责做
饭待客。

三伯是四哥的父亲。四哥一人在凄凄的灯下翻炒蒸
煮，连轴转了三天，没空闲停下来悲伤。四哥留守村庄，学
一手好厨艺，全都献给悲欣交集的人生。父亲他们去往哪
里，四哥知道。不言不语，眼下他是灯影昏黄里的掌勺人。

春风浩荡，四月像蓝天低垂。菜花征服了四哥，麦芒刺
痛了我。土地的孩子，命运握在季节的手上。留守村庄的
人，终将与草木一起肥沃大地。

栏目二　在这疾驰的人间

在这疾驰的人间

村庄像是喜鹊抛弃的巢,摇摇欲坠,空洞无物。

许多欢喜的鸟走了,许多热闹的人走了。独留乡野的风,裹挟野蛮生长的草木和飞禽落下的羽毛,在这疾驰的人间呼呼奔跑。

我也奔跑,从轰轰烈烈的城赶往僻静的乡村,从无人问津的夜赶往红火的黎明。

我老迈的长辈们渴望红火的日子,但都如灰烬一样正黯淡冷却。火光在前,我看见有人躺在木板床上,像泪花一样摇晃,像火花一样喘息。我想起往年火热的端午时节,野火烧灼麦地,烧灼肌肤,烧灼毕剥作响的秸秆,没见谁落荒而逃。伢子们不怕,老人们不怕,生离死别都不怕,没人会怕自己点燃的一把野火。火舌贪婪地舔舐，像是暴雨后肆无忌惮的晚霞。麦子熟了，土地熟了，一场疾驰而来的烈火像是追风少年，把家园撩拨得滋滋作响。

我风尘仆仆，返乡看望像草木一样不能醒来的侄儿。我们叫他二子，二子有姓无名，他的名字被我连同照片一起删了。但他依然悄悄地推门来到我的梦里，像清晨的风，摇醒我，欢喜地说："小大（da）回家啦。"

我临风而立。风是村庄的女巫，她没有魔杖幻药黑科技，但她会扇风会点火，拥有驱鬼避邪招魂术。我是听村里张嘴漏风的老白杨说的。树说，风有时像王家的嫂子，着一身草绿色缀蝶裙，挎一篮韭菜，笑吟吟地从东南边的菜园来。有时像冯家的奶奶，心事沉沉，穿一身土灰棉袄，冷冷地敲响邻家紧闭的门。若从头顶冷冷地穿越而过，一定是她在乌云忧郁的心里看到了雨，暴雨，雷暴雨，要进村撒野来了。风从襄河渡口那儿来，从龙岗公墓那儿，从黑烟囱上的白烟轻摇里来。若赶着严肃的日子没有风，空心的村庄很无趣。鸣蝉，田蛙，摇着蒲扇的人，风是大家没有节制的牵挂。村庄的女巫，心在云端，身却与村人一同栖居尘间。

风从夜里来，人不会醒，狗却会叫。人只对村庄的白天负责,晚上都托付给了梦。人劳作一天,只为夜晚有一场未完待续的春秋大梦。狗,不会做梦,它是女巫的守夜人。村庄没有夜贼,家家户户的门窗都对星辰敞开。星辰爱怜乡村,城市的喧闹很让他们失望。风叮嘱守夜的阿郎和二黑,村人的梦想得美,离谱走调,要看紧。梦丢了,明晚可以接着做,而精气魂丢了,村庄的田就再也没人照看了。村庄缺人手,年幼的伢子进城做工,年长的爹妈走不动路。过去老人家们的村庄,门前屋后种树、扎篱笆,防野鬼,避邪气。现在,伢子们不信邪,还能防点什么呢?半夜狗叫,不是蟊贼光顾,是谁家伢子在梦中青云直上,呼呼呼地膨胀,哧哧哧地飞翔。风追不上,狗拦不下,人的野心呀,害得守夜狗对着蓝汪汪的星空叫破了嗓子。

风对二子说,梦里遇见狗在追,狗在叫,别跑,停下来,醒来就没事了。

二子的梦里总有村里的一条狗在追。谁家的狗,他认不出。他离开村庄太久,是狗认不出他。他想跑,可细长的麻秆腿,抬不起来。他想喊,可大(da)不在,妈不在,自己十来岁的丫头也不在。祖屋的四角漏着风,红瓦正一片片在乳白的月光里碎落成灰。村庄轻飘飘,田野雾茫茫。夜间的雾气在汇集,湿湿的,像村里人水淋淋的梦。二子满头是汗,张嘴喘,涨红了脸。风追着二子呼啦呼啦地喊,别跑,停下来。狗叫,呜汪,呜汪,吓坏了二子。二子一直跑,没命地跑,飞起来,悬浮在村子的黑烟囱上。夜里没人生火,二子只看到黑黑的杨树叶在风影里聒噪。那是大(da)妈种的杨树,早已高过了黑屋顶。

二子奔跑的村庄没有人影,四下里都是风。风是村庄的女巫,挥挥手,接管了人的村庄。蓼蒿、苘麻、白茅、构树、牛筋草、水蜡烛、翻沟越埂,拖儿带女,移民而来。蚂蚁在庭院的日光里洗浴,蝙蝠在堂屋的黯黑里欢宴。火赤链,爬进瓦楞下的麻雀窝,偷偷地吃起霸王餐。野猫、野兔、黄鼠狼,终于可以人模人样,光明正大地活出一点存在的尊严。它们都是欢天喜地的新居民。庭院、圈舍,人走了,禽畜也散了。黑狗黄狗,悲戚无趣,转投风的门下,偶尔去村人的梦里追逐几回惊慌失措的村人。

风说,人的村庄,人的田地,是向乡野借的,好借要好还。

二子想在被抛弃的村庄碰到个熟悉的人影,托他证明自己曾是村里的人。但这已很难,老迈的村人糊涂不堪,同龄的村人作鸟兽散。草木兴旺,没有炊烟的村庄阴森森。老老少少都逃了,曾经重重叠叠的人影都像枣树叶儿一样落寞入土。一层，两层，堆积成村外像山一样的坟丘。风揪住一片叶子，一树叶子，哗啦啦地数落。村里的白杨树，只顾自己往屋顶上长，要星，要月，要风光，却忘了自己的职责是看护村庄。村庄被城市掏空，白杨树很委屈。村庄种树，人要避雨乘凉，牛要蹭痒拴桩，喜鹊要搭窝叫四方。出村的石子路，用泥做的根基，若没有白杨树的拥护，伢子们出不了远门，牛羊找不到回家的路。白天，太阳高高在上。许三一家，大文大胜兄弟，突突突，开着冒黑烟的四轮拖拉机摇摇晃晃地往全椒城里搬东西。麦子谷子，铁锅木盆，八仙桌，黑碗橱，鸡鸭牛羊，汪汪叫的草狗。场地上一垛黄亮的麦草，许三舍不得施与村庄的麻雀，于是烧了，像村里出殡送的火。

晚上，月亮守着村口的白杨，她要看看还有谁往城里搬村里的家当——是一辆摩托车，把冯家十八岁的女伢和李家二十岁的男伢一并搬走了。矮屋里黑脸的女人一路追，跌跌撞撞，什么也没撵着。一不小心，撞红了月亮慈怜的眼。女人哭，养只羊，天黑了还记着回家；喂个姑娘，十八年，半夜里说跑就跑。

村里的月亮像剥了壳的熟鸡蛋，中看，但再也不能孵出小鸡。咯哒，咯咯哒。母鸡的心伤公鸡不懂。歌唱黎明不像悲伤的时候抬头看月亮,有时像冷冷的弯刀,有时像黑幕上被风吹破的洞。

村庄被掏成一个空洞,是迟早的事。伢子们成人,要进远方的城。老人们老去,要去村外的坟。人的两条腿进化得如此不安分守己,风追不回,狗叫不停,村外的祖宗开不了口。还好,村庄的草木反而多了,村庄的风少了屋舍遮拦,愈发意气风发了。

二子,一个人,十年前把田退了,大(da)妈垒砌的几间青石红瓦房也轰隆隆地被推了。什么遗产也没发现,只溅起一团霉湿的尘埃。小玉告诉我,二子腿散,心野。二子总埋怨村庄的石子路窄,颠,容不下他二十来岁飞驰的心。二子想进城,可城里没有他的田。村里女人的心太小,婚姻缠得他透不过气。田里的活太慢,镰口的锈迹比割下的麦穗还多。加速,踩下油门加速。挣钱,嗅着钱的味道去城里挣钱。二子的心其实不野,他只想着攒钱,满足老婆孩子的需求,去南京新街口疯几天,或是十天半个月。钱花光了再挣,挣了再花。嘻,傻二子,只有点焊接的手艺,只有点攀爬脚手架的胆量,只打南京城路过几次,竟有如此奢侈的念想。看那阴冷斑驳的明朝城墙,何曾对他开口说过邀请?嘻嘻,朱皇帝在南京砌城墙,不为开发旅游,是为防着谁谁。

二子的妄想症，多是受我的传染。一九九六年，二子十三岁，我二十二岁。我们一起坐绿皮火车，逃往高歌猛进的江浙。湿润的江风，把咱叔侄激荡得哐当哐当响。窗外都是别人家高耸的楼房。我摸摸二子毛茸茸的后脑勺说，好好读书，你也可以有这样的风光。但他不爱读书。我返乡时，从杭州到南京，从武林门到中央门，逆着冷冷的风，天地白茫茫一片。一片雪花只会融化，但一场肆虐的寒流，足以颠覆一个孩子的梦想。

二十年前，二子还是个孩子。小玉打算去学裁缝手艺，哥的肝病折腾人，嫂子皮肤黑亮总是笑。再后来，哥没了，二子退学。后来，二子离婚，嫂子投水，七八岁的丫头也随了妈妈。二子一个人，蹬着摩托车，满世界做活，焊接，焊接，焊接。火花飞溅，弧光灼烧，二子把别人家的事无缝对接，而自己呢？

城里的每条路都流向乡野。而乡野的路，有的去了城，有的下了田。一环、二环、三环，城里人、乡里人，转来转去，画出一个逃不出去的圈。白天是疾驰的城，晚上是泥做的梦。这中间，有一条石子路，弯曲，狭窄，颠簸，破碎。为糊口的钱，为进城的梦，二子与摩托车生死相依，在风尘里飞驰，突突突，他和摩托车都气喘吁吁。

　　鱼离开水活不了,水没有鱼照样清。二子想进城,城却不缺蝼蚁一样的芸芸众生。傻二子,即使你住在南京城,十天,一个月,两个月,三个月,证件上依然写着:冯石村的村里人。

　　砰——出血,高烧,昏迷。南京的医生说,二子是弥漫性轴索损伤,头部遭受加速性旋转撞击,像豆腐一样,外表完好,内里已经碎了。

　　要想唤醒二子,城里的医生说,找最亲的人来。二子最亲的人只剩他姐,小玉。

　　二子别怕,姐不会放弃你,姐再也不走开。

　　二子,睡一觉就好了,回家我来照顾你。

　　二子,姑来看你了……叔来看你了……舅姨来看你了……

　　二子,丫头与她妈也来了……有什么放不下的说说,过去的事大家都不再计较。

　　二子,小时候你赖床,大(da)妈叫不动你,我一叫你准醒。你怕早起去放牛赶鸭子。我从不让你做事,还会给你好吃的。喏,今天我给你做鸡汤,家养的,多少好。

　　二子,你总跟我说做梦都想住进城,现在真的住进来了。慢慢住吧,想住多久就住多久……等你醒来,我推你去看中山陵,看狮子山,看总统府,看长江大桥。

⋯⋯⋯⋯⋯⋯

小玉坐在二子身边,握着他粗糙的手,早早晚晚地说,不停地说。康复医生说,这是最后的医疗方案。

我去南京的病房,听小玉在说:

二子,我妈不怨你,是她怄气想不开。我们也不怨你,农村人谁不想过好日子。

二子,大(da)妈他们还在一起,清明上坟时,你看到的,王家人都还在一起。

二子,你喜欢狗,家里养过黑的、灰的、黄的,大大小小,十几条,都是矮板凳狗。母狗长大了,就生养小狗。小狗长大了,又要生小狗,一窝五六条。你舍不得扔,妈就偷偷地送人,圩里舅舅家、姨娘家,枣树姑姥家。板凳狗,不咬人,你到哪儿它们都追着你,像一阵风。上学,板凳狗追到学校,被老师骂。上班,你的摩托车太快,板凳狗追不上,呜汪,呜汪,好可怜。

⋯⋯⋯⋯⋯⋯

我去全椒的病房,听小玉在说:

五月的黄瓜长好了,小姑说明天就带来。

六月番茄酸,七月西瓜甜。

八月太热。

秋天凉快。八月节，我们去大舅家过，他家的塘里有菱角，年年有，脆，也甜。

冬天风大，我们不出门，想谁了，打电话叫他们到医院来。

···········

一个月，两个月，三个月。梦醒，人世几回伤。二子只管不疼不痒地躺着，万事与他无关。吃，流食，不用嚼，针管打到胃里。睡，睁眼闭眼的事。有人按摩，有人翻身，有人擦洗，大便小便也随意。不疼，不累，不想。婚姻的事，喝酒的事，捉鱼的事，欠债的事，讨工资的事，丫头抚养费的事，一笔勾销。

夜晚如此，白天如此。南京的医生说，二子像紫金山里的一棵树，消失在时间之外。树悄悄地长叶子，无人知晓。叶子绿了，就算醒了。叶子黄了，就算枯了。生与死，只隔着一片叶子的距离。白天的人看不见，夜里来的风知道。

五月，六月，七月。亲人们像卑微的乡下老鼠，在城市的地下迷宫疾驰穿梭，一号线转二号线转三号线，在一个个幽深的洞口进进出出。呼，呼，地下隧道的风没有颜色，也没有乡野那匀称的呼与吸。大家沉重的梦被地铁一遍遍催醒,追逐,碾压。我们去城里看望二子,也看南京的城。南京潮湿,南京闷热,南京灰褐的城墙与白色的病房一样,堆积涂抹着凡人的焦虑与疯狂。城,乡,一边在急速膨胀,一边在萎缩至消亡。

我与二子有一样的大梦。只是他的梦刚开始,我的已经做了二十年。起风的夜里,我把梦挂在路边的白杨树上。二子回村的梦一定会路过这里,这里有破碎的石子路,摇叶的白杨树。遇见了,我就学他家的板凳狗,呜汪,呜汪,沙哑地叫。二子,别跑,风说,停下就醒了。停下多好啊,丫头可以赶上你的时间,放学回家,看着你笑。停下多好啊,走掉的大(da)妈回转身赶过来,还把你当孩子宠。

豆腐的心碎了,二子像纸片一样的魂被风掠走了。小玉对我说,二子想回村里。村庄能让白杨树长得那么盛,村庄也能让二子好好活。不管好坏,我们让他回村里过中秋,过新年。醒不醒,是他的事,我们只负责陪护。

我们说话,二子都听得见。他不愿醒。随夜里的风追梦不需要姐帮忙,梦再大也不占医院的床。小玉说,爱躺就躺在梦里吧,等大家都累了,再撒手放你回大(da)妈的身边。

回家没多久,三月的风便把二子干瘪的身影领出门,丢进王家的坟头,汇入一场疾驰而来的草火。水生木,木生火,从造字那天起,火注定是木质村庄最后的安慰。

四月清明,我去坟地看父亲,也顺路对二子说上两句。碑上嵌着他二十几岁的头像,浓黑的眉眼,嬉笑的脸庞。草木周而复始地萌发,二子,你哪个季节能醒来?

清点落入泥土的故人,我之上,有四代,我之下,只二子一人。几十口人,长幼有序,像一垄又一垄绿了又黄的麦田。一粒种子落进疾驰的人间,哭哭笑笑,有的拔节、扬花、抽穗,有的染了赤霉病,灰黄腐烂,陷入无尽的黑暗。

人与草木无异,各自向乡野借着碗口大小的土地,吃它,喝它,终了依旧归还于它。草木把它叫作地母,我把它叫作乡关。

父亲还在田埂上

放假了，我有要紧的事。家里，父亲还在田埂上。

父亲没有假期，手不闲，腿不停，早早晚晚地扛着黑亮亮的铁锹，上田埂。田埂一条条，细的粗的，是男人背上的肌肉，隆成村人坚守的阵地。进，是绿意莹莹的希望。退，是炊烟袅袅的家园。乡野的田埂，长草，开花，走牛羊。田埂边有祖坟，祖坟边上有父亲的三亩田。麦子、棉花、水稻、山芋、花生，父亲待它们，远胜过我。姐说，父亲一上田埂就得劲，扶着铁锹放眼四望，有点像生产队长。早早晚晚，父亲去田埂上巡视几遍，听听沟渠哗啦啦的流水，摸摸麦穗向上的青芒。若见着吐丝卷叶的稻苞虫，父亲不急着下毒手，农药治虫，会伤及无辜。稻田是人的，也是田鸡、黄鳝的。

手捉三亩田的稻苞虫，父亲说，只消一个早上的工夫。要紧的事情，是不能让杂草荒了自己的田。稗子、水蓼、莎草、鸭舌草、水芹菜、野荸荠、矮慈姑、牛毛毡、四叶萍、莲子草……数数都是荒凉的事。田野长庄稼，也允许长不同肤色的野草。这几年，农田转租给大户，草们很兴旺。种田只需几天，除草，却要几个月盯牢。父亲说，出门碰见的都是种田的人，田是农家的脸面。

嘻，我出门还碰上几个种田的人？村里人把脸面搁在荒野上，在池塘里洗洗黑脚丫，放下溅着泥浆的裤脚，嘟嘟嘟，连人带摩托车，都挤进了城。村庄的天空，越来越空旷，鸟雀和炊烟不见了。野外的田埂，失守很久了，白茅、青蒿、红蓼夺回了它们的土地。我回家看父亲，是怕他斑驳的年纪，像镰刀、犁耙一样，在冷清寂寞里锈糊涂了。还好，父亲没事就抄起黑亮亮的铁锹上田埂，保家卫国似的。得寸进尺的牛筋草怕他，撒泼无赖的莲子草怕他，阴冷的铁锈更怕他。好，怕就好，我那要紧的心事还可以宽松几年。

离开田地太久，劳作于我成了奢侈的事。在过度修饰的城市，我看不见泥土喊醒野草的温软，看不见门前香椿树吐露的小心思。二十多年，我近乎忘记乡野的夜路，池蛙、灰兔、黄鼠狼，是否依然像野孩子一样活泼地蹿跃？月亮洒下的露珠，是否有殷勤的鸟儿采摘，待清晨，献给光芒四射的太阳？城里不见油油的黑土，城里没有翻卷的裤脚。我放任自己的细腿细胳膊，只会守着家里漏光的阳台，侍弄几小盆修长枯黄的吊兰和绿萝。

父亲的六月，割麦，耘田，插秧。田里的活儿，一天重复一次，一年重复一回，跟着日月，跟着节气。父亲上田埂，早。城里的时间被墨绿的窗帘掩藏在闹钟里，一分一秒都舍不得施与他人。父亲没有闹钟，村里人和动物一样，都是自然醒。窗外刚发白，父亲就着鸡鸣狗叫，点根烟，也清爽地咳嗽两声，责任重大地出门。这次回家，赶上农忙，父亲没空搭理我。离家太久，我早已不是父亲要紧的事。父亲的几只公鸡，没把我当外人，站在清亮的窗下，嘹亮地陪我寒暄。我学父亲的样，踩着白月光、湿露水，上田埂。我没有铁锹、锄头，只能甩着两只细手。回乡村，我无所事事，总觉自己很多余。

五点钟的乡野很轻，上弦月在青天飘，水冲里的白雾正缠绕。乡村没几户人家，鸟鸣鸡啼依然是寂寞乡村最欢畅的曲调。

父亲光着脚，也光着和泥土一样素朴的心。水田润滑，映着白亮亮的天。我穿新款的休闲衣裤，不能帮父亲，空手坐在田埂上看,像犯错的孩子似的。八九岁时,我给父亲送早饭,也这样傻傻地坐在边上看。我其实没怎么看父亲,只盯着前头呼哧呼哧的黑子。黑子嚼着一嘴白沫,从东到西,从南到北,低着头,一口气犁了四亩多地。父亲坐在田埂上吃早饭,是奶奶做的蛋炒饭或猪油拌饭。我牵黑子在田埂上吃湿漉漉的水稗草、车前子、泥胡菜。黑子与奶奶走了二十八年,我也离家二十八年。

父亲有富裕的时间。耖田时,慢慢做,横耙竖耙,开沟过水,土细水平,把田地打理得像镜子一样,能照见风里的云,能看见水里的自己。父亲一条腿再一条腿,轻轻探过去,田里汩汩泛着柔软的水花。这水花里种过棉花,开过油菜花,花生、水稻、麦子都有花。温热的泥水过膝,父亲直身朝我笑,像一撮秧,齐整地插在自家的田地。

大(da),你最好穿双高帮套鞋,水里泡久了,老了要受罪。大(da),插秧时,叫姐找几个人来帮忙,你老了不能太累。大(da),明年就把田转租给大户,你也七十了……父亲耖到田埂边,我就找点田里的话聊。有时他会倚着湿淋淋的铁锹,立在泥水中,陪我慢慢说。有时,他不出声,转身去了另一边。哗啦啦,咕噜噜,父亲蹚过泥与水,留给我另一种语言。偶尔有一两只白鹭和喜鹊清闲地落进父亲的田，六月的乡村，不至于太无趣。

太阳火热地升起，它来收受乡野丰盈的果实。月亮守了一夜，献上菖蒲尖尖上香艳的露珠，晶莹透亮，能照见太阳红紫的脸。父亲忙了一早，背脊胳膊上的汗珠，颗颗硕大，粒粒饱满，一样是好礼物。只惜没有田野的香草味儿，太阳嫌弃。父亲舔着嘴唇笑，农民的汗水不值钱。随手一抹，果真都是浑浊的黄泥水。

我回家给父亲取水，取草帽，也取条干净的毛巾。太阳不要父亲的礼物，我要。

我陪父亲在田头闲聊，父亲很乐意。他说大户种田，机械轰隆隆地来，插秧人、植保人成群结队地来，然后就着田埂，结账数钱走人。村庄的田埂上，没了日日夜夜的悉心守护，没了谁家的谁谁来来回回地遇见。田地成了乡野上一桩冷冷的买卖。我劝父亲该歇了，他说种田不能歇，人歇就没用了，田歇就荒了。父亲与我说侄儿道祥和道成的车祸，小叔光文的酒与癌。车骑得太快，酒喝得太多，缓慢的乡村，承受不了飞驰的念头。在父亲的眼里，田是慢慢种的，草木庄稼是慢慢长的。苗长得太快，风一吹就倒。人走得太急，摔了，就再也爬不起来。

乡村的人，除了有一片田地耕耘，有一缕炊烟弥漫，真的再也没有什么值得自豪的。满心欢喜地收割,也面无表情地发呆。父亲的三亩田,收成只几个钱。父亲的两三垄菜地,已经没几棵菜。父亲一个人,吃不了多少。村庄里,没有牛,没有石碾,没有几个种田的人。我田埂上的父亲,早早晚晚,只一个人。

父亲没有假期。他忙,只想把自己齐齐整整地栽进亲手耘过的土里。父亲若有什么要紧的事,应该是与祖坟那边的亲人一起,心安理得地永远留在自家的田地上。

树没有叶子，风就数落它

父亲话少，爱静静地站在我临河的北阳台，看风里歪斜的老树，像水一样粼粼地摇晃。

老树到了冬天，就格外冷。风先收割它稀零的黄叶，然后再沿纵深的裂口穿心而过。北风冷峻，像个会施魔法的收租婆，哗啦啦地一挥手，金黄的、灰褐的，辛苦滋长一年，只一夜就贪婪地全收走。

沿河几株构树，拧着，咧着，皲裂着，颤颤巍巍像屋檐下晒太阳的老人。城里的构树，英姿卓越时是风景，枝枯叶老时是垃圾。小区物业说，锯了。老人家们舍不得，挽留了它们。

遗落在城里的构树很想挺直腰身，维护一点高尚的尊严。但,纵裂的肌肤,掏空的腹腔,难以抵挡一季呼啸的狂风,或是一场隆重的暴雪。

人会老,树会枯,生命有定数。树与人一样,晚景也凄凉。

"那是野构树,果子红时,酸酸甜甜像杨梅,鸟雀都爱吃。""知道的,村里有许多,过去摘叶子回家喂猪的。"农村来的父亲,不用看叶子,也能认出这长相粗朴的野树。父亲的村庄贫瘠,只种些易活的落叶树,白杨、青枣、香椿、苦榆、刺槐、皂荚、水麻柳。而构树繁殖能力强,不需人工栽种,院角落、池塘边、田埂头,有水、有阳光的地方都有它们葱茏的生长。当然,这都是鸟雀的功劳。构树果橙红,肉肥汁多。叶绿果香,鸟就来凑热闹。画眉、喜鹊、黄莺,偶尔还有斑鸠,早早晚晚,唧唧咕咕地叫。

鸟语能唤醒村庄冬眠的梦,草木能让泥土醉得东倒西歪。父亲是乡野来的人,他的眼里只有草木虫鸟。

父亲的生活空间很小,以村庄为圆心,以田间的机耕路为半径,一个重复了七十年的圆。这次父亲搭高铁来我鸳湖边的家,兴师动众,难得。我领父亲去湖边闲逛,看翠竹青柳,看香樟蜡梅,看红艳艳的火棘果。他不情愿,说湖风大,身子冷。

　　乡下来的父亲，没有公园散步赏景的兴致。父亲只喜欢他寂静的几亩田和田野上野蛮生长的草木四季。

　　"大（da），北阳台冷，南面暖和。"北阳台真冷，冷的风，冷的水，冷的树。南边阳光好，空间也大，有花花绿绿晾晒的衣服，有吊兰、绿萝、凌霄和垂叶榕。我给父亲端茶，陪他一起说以往乡村冬天的暖和日子。

　　冬天，在屋檐下晒年货，咸鱼、咸鸭、咸猪肉。阳光里闪耀着洁白的盐巴和透亮的油珠。

　　冬天，去村中心湾塘，敲碎像玻璃一样厚的冰，挖油油的黑污泥。污泥肥麦田，污泥里有白藕、泥鳅，能鲜透一家人的嘴。

　　"大（da），村里那么多塘，为什么只挖湾塘里的泥?""这塘在村中间，那么多的鸭鹅游在里面，那么多的牲畜泡在里面。"父亲的意思，这湾塘是村里天然的化肥厂。

　　我给父亲添茶水，他说不渴，热天下田才喝水。不下田时喝茶水，对父亲来说是件奢侈的事。我劝他咸的少吃点，没事多喝茶。他就喝一嘴，端杯再让我意思一下。父亲不喝茶，不喝酒，近来却爱上吸烟。他从火车站出来，一上我的车我就闻出来，香香的，只是味儿有点重。家里没有烟灰缸，我递给父亲一个蓝花小瓷碗。父亲摸索半天，最终拿起我温润的蓝瓷碗,迎着阳光,问起碗的价钱和烧锅做饭的家务。

我坐在书房里写鸳湖时光。父亲坐阳台上晒太阳,把太阳晒软了,把阳台坐轻了。时间过得那么快,父亲七十了,像那刚出壶的茶水,一转身就凉了。

阳台的笼里本来还蹦跃着两只虎皮鹦鹉,嗒嗒嗒,唧唧唧,只惜半月前没了。我不当心饿死一只,另一只喂饱后放了,笼子也一起远远地丢了。还好,父亲没想起,两年前他见过它们的。

鸳湖的冬天喜怒无常。前两天,寒潮来袭,北风割脸削骨。一回头,东南风温暖潮湿,悠悠地拂动,棉袄的深处已是春潮涌动。

年底,父亲从老家吱吱响的雪地里赶来。棉衣棉裤,毛线夹袄,一点换洗衣物都层层叠叠地裹着。一件,两件,外面穿着腊月头上给他寄去的新衣。三件,四件,五件,里面是旧年时姐姐织的毛衣。"大(da),嘉兴不冷,可以少穿点。"父亲人瘦,但筋骨好,田里活还热腾腾地做。我很少见他这么穿,臃肿了,就意味老了。

姐来电话说,父亲怕冷,招呼他多穿点,湖风里少去。七十岁的父亲听姐的,要么站在阳台看几棵冷冷的树,要么合衣钻进被窝,安静地暖着。

姐说,家里给爸铺了电热毯,他人老热量小,睡不暖。

二十年前只听说八十五岁的奶奶用电热毯,转瞬,父亲也用上了。我年少时,父亲正壮年。他可以赤膊穿过暴雨,去田间引水,去捆扎湿漉漉的柴草。他可以踩着冰雪,蒸腾着热气,挖淤泥肥田,拉谷子进城。他宽厚的胸膛,挡得住霜寒,也燃得起家的温暖。哥的被窝冷了,我就钻进父亲的土床。父亲像个恒温电热毯,胳肢窝一夹,我的脚,我的身,都暖了。

冬天,树没有叶子,风就数落它。怕冷的老人,没有热量,老天就要垂怜召唤他。

人不是慢慢变老的,像野外的构树,不知哪一阵风呼啸而来,咔嚓就倒了。老人们身子薄,生命的热气正一年年散去,不穿层层的棉衣,风就会在某个时刻呼的一下穿心而过。

姐说，天冷了

天冷，我真没感觉到。是姐在电话里说，天冷，已经有些日子了。

姐说，天冷了，多穿点衣服，多吃点好的，人瘦。我说，嗯，南方不冷。姐说，老家冷，已经有些天了。姐给父亲做了双老棉鞋，织了件毛线衣，弹了床新棉絮。也给我弹了一床，十多斤，等我过年回家拿。今年西大滩田里的棉花好，姐舍不得卖，都留着自己用。西大滩田里的棉花几十年来都好，流着姐白亮亮的汗水，晒过乡下金灿灿的阳光。

姐很少来电话，来了，也只说些吃饭穿衣的事。我们一家，乡里人，言语都不多。家里，禽畜的话多，也不过咕咕、嘎嘎、哼哼的，要么饥肠辘辘，要么欢天喜地。黑子随父亲耕地，除了低头走路，没见哼哼过什么抱怨。青麦、菜花、秧苗、花生、棉朵，都安分守己，不争，不嚷，也无法催生村人说话的念头。邻居们在田头遇上了，递支烟，倚着铁锹站着，顶多说几句播种施肥的事。收成好坏，动手摸摸，用眼看看，就这样，不用量化评比说道。只要不懒，谁家的庄稼都一样，老天让雨水浇灌东滩的麦子，也让雨水淌过西滩的棉花。乡村里，人越老，话越少。村人七八十年的一生，守着几块地，像圆规一样机械地绕着村庄画圈。双腿把霜寒的泥土踏成温热的小径，抽茎，吐穗，人是田野上走动的庄稼。父亲的话像生命一样越来越少，频率最多的就是"我上田埂去了"，意思是，那儿就是他的归宿。是呀，村里人属于田野，生在泥土，老了，又归于泥土。泥土一样的性格，没什么可说的。他们不关心政治气候，只关心早晚天气。近些年，家里日子好好的，没有褶皱，没有波澜，秋水一般平稳明净。我在城里，随上班的人潮，早早晚晚。姐在田野，像轮转的四季，雨润草生，风吹叶落，雪飘年至，简单安稳。偶尔有猫狗牛羊的欢腾，霜雪雷电的哀戚，也只是生命蛰伏后的躁动与荣枯。

　　姐，长我两岁，却像是乡村五十多岁的女人。姐穿十年前的衣服，姐不愿出门做工，姐说，懒人都进城了，殷勤的土

地寂寞得长满稗子草。看着被城市掏空的村庄,姐与姐夫
揽下人家抛弃的田地,一百亩,收养流浪儿似的,东一块翻
种,西一片灌水。像织布绣花一样,姐与姐夫,任由汗水肆
意地漫延,静默地在风雨地头开沟育苗等花开。一垄垄金
黄晕染,一片片谷香铺展,姐的幸福不需要言语。姐没读过
书,姐没出过远门,姐黑也瘦。姐不知道一棵细长的刺槐在
城里立足的滋味,她总与我说,春天里,村里的刺槐开白花,
香;放嘴里咬一咬,甜。过去,姐领我打一串串的刺槐花,盛
满竹篮,喂圈里肥嘟嘟的小猪。乡野有温柔的轻雾,有肥硕
的露珠,有爬满灌木的金银花,还有秋收时一轮嫩白的月
亮。乡野一点不寂寞,只是很少有人说话。在二十来户的
原始村落扎根,为一个门面,为一家烟火,还为几只路过的
鸟雀,姐,披一树槐花,走过了五十多个朴素的春秋。

　　姐,长我两岁,却做了我几十年的"母亲"。母亲早早地
病去,姐随奶奶掌管着家。奶奶教姐熬山芋粥,选柴火,调
火候,姐一学就会。粥黏,味甜,有一层薄脆的粥衣。我与
哥,冬天倚着南门刺眼的太阳,喝两大海碗山芋粥,身暖,心
满。姐清炖鸡蛋,用自家的蛋,自家的菜籽油,金黄油亮。
不咸不淡,不结底,像豆腐脑一样滑溜溜。只惜蛋少,两天
才能吃一次。姐的厨艺是奶奶教的,奶奶的厨艺村里人共

享。一碗饭，一桌菜，虽是粗糙，十来岁的姐也能翻炒蒸煮得香甜有味。北风起，姐的衣柜殷实富足，不会欠缺谁的。敦厚老实的棉鞋，黑绒白底，一针一线，哥的，我的，父亲的，奶奶的。新棉柔软，闻闻，尽是田野阳光饱满的味道。年衣单薄，但确保是裁缝来家现做的。姐一招呼"三儿"，我就乐。我乖乖地坐上矮凳，伸出乌黑的脚板，姐要给我不安分的脚画鞋样做布鞋。做衣，姐不会，但她会领我去供销社扯布，请裁缝。姐不懂我的书，她只会教我包书皮，用碎布给我缝厚实的书包。

奶奶老了，姐在呜呜的秋夜，或是冷冷的清晨，缝缝补补，洗洗刷刷，把自己的年少与青春都燃成一家明亮的热望。没有母亲，家里还有姐。

我领姐出门走走，她说外面风大，外面人杂，外面太闹。姐喜欢自己掩映在村庄里的家。锅灶被烟火熏腾，柴米油盐，满是家的滋味。菜园，是姐的心肝，一点好的，都撒在那儿。圈舍里的农家肥，多好，攒了半个月，全偷偷地塞给宠坏了的小白菜、细豆苗、红辣椒。姐舍不得圈舍，鸡鸣狗叫的，热闹，有趣，都是好玩的伴儿。还有门前杂树上绿的叶，红的花，飞动的喜鹊、燕子、画眉鸟。野外还有丢不下的祖坟，一大片，几十座，都是自家人。姐说，不能丢，也不敢丢，丢了就没家可回了。

父亲老了,姐就把他领在身边,像孩子一样照看。姐说,父亲脾气好,好侍奉。姐说天冷,是说父亲七十了,村里有规矩。我离家太久,竟忘了乡村许多简朴温暖的规矩。姐理解我,就提醒我,教我。

我在南方,不知北方早已入冬,不知父亲竟已七十。按照村里的习俗,在天冷的时候,我给父亲寄送了一大包暖和的衣。人过七十,身已没多少欢喜的热度,子女就是最后一层贴心的棉袄。

两天后的傍晚,姐来电说,暖衣收到了,只惜爸不在家。村里爱香的爸走了,按规矩,老人棺木得由村里的老人抬。像父亲一样的老人,村里没几个了。七十岁的父亲,颤巍巍,也要去"抬重"。村里人不觉得劳作苦,也不怕病与死,认为这些都是自然的事。只是这人情,分量很重。

姐说,家里今天下雪了,等爸"抬重"回家,让他把新衣都穿上。

人老一身骨

人老，一身骨，像凋零的树干，无法妖娆，却撑起生命的完整姿态。

一棵老树，不弯，不屈，不朽腐，英姿卓立。即使倒了，也燃烧成烈焰，挺立为栋梁，或是低调地沉入煤层，升华为生的永恒。一位老人，桀骜，硬朗，坚韧刚健，松形鹤骨，一身仙风，延续三生修炼的高贵。

纵使青春招摇过市，也敌不过几十寒暑萧瑟。腰酸，心痛，从肉体伤痕累累，到生命无以为继，然后就老了。使用期到了，要么躺进医院修修补补，要么飘回故土任其自然，像秋叶的翻卷舞落，老了，可以轻盈潇洒。

人是棵行走的树，也有四季荣枯，也有年轮交叠。一棵老树，人们欣赏它蓊郁苍翠的春夏，也仰望它风骨挺拔的秋冬。一位老人，走过了一世风华，你我是否像面对一棵苍松般满怀敬意？老人家们，各自用自己的方式老去，而你我何曾温暖地送别，坦然地缅怀？

年少时，我的眼里很少有人老。中年后，我的父辈大都正老去。走村串户的木匠二伯，拉大锯，上房梁，斧啊，刨啊，钻啊，把羞赧的乡村敲凿得砰砰作响。"上梁喽！"高耸的屋脊之上，二伯一声呼喊，红绸飘飘，鞭炮齐鸣，天穹之下又一华丽的新居就此落成。突然有一天，二伯扔了银光锃亮的斧头，锈了无孔不入的木凿，哗啦啦地倒床不起。"王木匠，瘦得像个墨斗，整个人都陷到骨头里了。""王木匠，活好，人硬。"二伯一辈子呼呼作响的形象，不曾被癌变恐吓成慌乱的孩子。二伯倒下后不言不语，二伯走时身姿舒展。老人家干干净净地把一副好身骨留作我们的念想。患肺结核的舅舅，弥留之际，即使不能喘息，也依然包裹上枯如瘦柴的自己，挪移到门槛边明亮的阳光里。生命没有血色，未来不再有芳香，舅舅说，老骨头，再晒晒，也许能支撑着赶上生命的轮回。老屋残破，草木正盛，半生打工漂泊的舅舅，回家时，只盈余一身老骨。舅舅没有别的奢求，只爱静躺在老天恩赐的暖阳下，蓄积生的热情。老人，是棵深冬的树，不茂盛,不优雅,但硬气,有样子。硬气的老人让人敬畏。

我去看望艰难支撑的姑父,他摇着拐棍,歪着脑袋,身体摆动得厉害。他不能说上一句痛快的话,不能展开生活的微笑,衰老,撕扯着老人们慈祥的表情。当兵人英武的身板呢?部队南征北战的故事呢?脑出血,糖尿病,姑父颤抖着挪动脚步,向前不可能,放弃又不忍,全倚着一身军营里磨砺的铮铮硬骨。赶不上时间的步伐,姑父不甘被火辣的生活抛弃。三伯也老了,躲进屋角,蜷缩在一层又一层的棉袄里,咳,喘,一直说冷,一直在吐浑浊黏稠的痰。几十年的气管炎,把他老人家一点生活的气量剥离殆尽,连到阳光下陪我说句漂亮的话都要小心谨慎。单薄,苍白,形销骨立,三伯失了昔日融在我血液之中的干练气魄。

老人不怕死,老人怕毁了一生的爽气。上天不该如此作践老人们,他们一世干脆利落,临去了,竟落魄挣扎。

人人都有一身桀骜骨,二百零六块,不论男女老幼,尊卑贵贱。一身骨架,张扬个性的形体,支撑富足的体重,福佑惺惺相惜的肝胆。年轻时,英气。年老时,骨气。英气来自血肉,容光焕发,青春勃发。骨气来自气概,一生风雨磨砺,垂暮依旧硬朗。死亡,当以骨骼的消失为限。肉体常受疾病袭扰,疼痛,溃烂;而骨架岿然不动,嶙峋,挺立。人老,骨不会老。人生要紧事,不外锤炼一副好身骨,能勇敢地撑起为人的高贵尊严。

冬天光秃的一棵老树,孤独地穿过寒霜,会在漫天的雪白后,嗅着粉的绿的清香醒来。一片鹅黄的叶儿,一朵紫红的花儿,一身翠色的裙装,都是光阴流转里绚丽的新生。一棵倒下的沙漠胡杨,纵然风沙啃噬,仍痴心不改,执着对蔚蓝天空的千年守望。侠骨柔情,一身老骨,在一回回风定天清的大漠深处诗意地醒来。百年之后,人的一身老骨,该怎样醒来,是火,是烟,还是永远地沉寂?

百年的百年之后,我们引以为豪的脸面,千回百转的心腹,早已灰飞烟灭,唯独修炼一生的老骨得以恒久。翻阅远古的残骸,魂魄已归于天堂,白骨依然安于泥土。高僧舍利不但渡化自己,也护佑苍生。先人老骨安卧故园,子孙当世代守护祭奠。看那松柏之下高高隆起的坟茔,定是老人留给子孙饱满的思念。一棵高耸的树,荫庇多少幸福的儿孙。一身瘦硬的骨,汇集多少家族的故事。

人老了,守一身老骨,揽明月入怀,听松风入梦,生命已然完美。老人家们,累了,就安心睡下,自有孝子贤孙柔情地呼唤,在香烟袅袅的思念中,叫您醒来。

年关

记忆,是一段风尘仆仆的归途。我下车,发现家园不在,天地茫茫白雪。

雪落年关。我,我的祖母,以及我的村庄正在积雪中被掩埋。

茫茫雪野,无迹可寻。村庄拆迁了,只几棵杨树斜插在那儿,喜鹊喳喳喳。几片池塘遗落在那儿,鱼儿悠游清水汪汪。一垄垄祖坟还长在那儿,越长越大。年关,我披着千里风雪奔袭,已不见回家的路。冷冷的故园像风一样空旷,没有炊烟灯火,没有祖母抛撒的纸火。

年,是个欢喜的符号。甲骨文中的年,上是"禾",下是"人"。农人背谷禾,一年一熟,一年一收成。而年关,难熬。

年底,欠债的,歉收的,欠人情的,见面时,如何见人？躲一躲吧,或是熬一熬吧,过了除夕,就是新年。年,是过给孩子看的。孩子们相信年年有鱼,年年有新衣,现世富庶,未来美好。

祖母告诉我,年是饥饿的怪兽。年关,田野上北风呼啸,雪地空空荡荡,它饿,它冷,就进村,钻人家的门窗,咬人家的小孩,眼睛绿莹莹,嘴巴血淋淋。年凶恶,年很多,家家有只难对付的年。但它怕火,怕红,怕炸响。祖母疼我,就早晚牵着我,烧火,贴红,没事叮叮咚咚弄出点声响。

祖母领导的年成丰满。两头猪肥了,卖一头,杀一头。鸡满笼,咸水鹅鸭满挂。南墙敲进钉子,把咸水鹅鸭挂成富有的一长排。挂上墙,晒太阳,它们再也不飞了。母鸡咯咯哒地叫,它生蛋孵小鸡,不杀。鹅呀鸭呀,羽毛卖给走村串户的小贩,绒毛塞进老人孩子的夹袄与棉被。黄豆、蚕豆、绿豆、糯米、山芋、花生、芝麻、南瓜子,祖母拿去变戏法,磨豆腐,炒米糖,炸蚕豆花。削山芋干,是父亲的活。熬山芋糖,是大家的活。哥与姐抬上一竹篮山芋去藕塘的冰雪里洗,雪白,水清,山芋红彤彤,手也红彤彤。祖母在灶台上蒸煮,我往灶膛里添柴。火苗,是黄豆的秸秆燃成,闻得出山芋的香甜,高兴得噼噼啪啪地叫。祖母揭开锅,吹开弥漫的烟气,捏个细长柔软的给我。我烤火,吃山芋,脸红肚子撑。哥会笑我,附着耳朵劝,好滋味在后头。是的,漉汁,熬糖,一锅的糖泡泡翻涌,红了,紫了,筷子一挑,黏稠拉丝,舔一口,钻心甜。那时刚上学,我还数不出幸福两字有多少笔画,但嘴巴记住了,心头记住了,世间有一种融进血液的甜蜜。年关白天黑夜,祖母的灶台一直亮着火苗,冒着热气,飘着田野的浓香。蒸笼里蒸,竹匾里晒,炒米花,拌麦芽糖,碾轧刀切,雪夜的冻米糖,被祖母敲打得咚咚响,嘣嘣脆。夜半窗结冰霜,我们姐弟围着火热的灶台守候,祖母还要做芝麻糖、芝麻花生糖。祖母只允许我们过过嘴瘾,好东西不多,用蛇皮袋扎紧,放食品柜锁上,过年待稀客。

我印象里的年关,总在雪里。雪厚,雪冷,雪地泥泞。祖母不让我出门。我倚着门框,看雪化成水,一滴滴地挂成屋檐下晶莹闪光的冰凌。大人们出出进进,磨豆腐,舂元宵面,买红红绿绿的爆竹年画,摆放碗筷酒盅,点燃黄纸檀香。父亲舂面粉用得着我,舀米,递筛箩,装口袋。哥也不会让我闲着,裁纸,磨刀,刻五福。姐在西房里缝补做鞋,用不着我。难得朝堂屋招呼几声,三儿,来试试脚。家里五口人,姐保准一人两双。祖母是家里的大厨,她把我哄在灶膛旁看柴火。柴火多是地头稻麦、黄豆、棉花的秸秆,也有夏天割下的蓬蒿、茅草。农家的柴火旺,里面藏着夏秋炽热的太阳。煮大菜,祖母会动用她的牛粪饼。牛粪饼,是祖母贴在土墙上的宝贝,火稳,火透,不失自家黑牛稳健耐心的本色。牛粪饼,需要搭起来烧,我不会。不会没关系,祖母在,我只管守着烘火。祖母的灶膛,就是一个光芒四射的天堂,耀眼、暖和。灶膛下,不湿,不冷,不饿肚子。贫苦年月,有家,有祖母,有热情燃烧的灶膛,日子一样红火喜悦。年关,每家的祖母都忙碌,村庄被灶膛的火苗煮得滚烫。

祖母告诫我,家火暖身,野火伤人,小孩玩火会尿床,会招邪。果真如此。我好几次随哥去田埂玩野火,棉裤烧出洞,棉鞋黑成灰,回家先尿床后发烧。祖母不数落哥,她说不是我们的错。祖母在香案前烧纸点香,磕头拜祖,念念有词。灵的,火光亮起来,我的脸膛儿红起来,睡一觉,好了。年关,寒气来袭,灰黄的土地,灰黄的脸庞,需要火,需要红,需要热热闹闹,取暖,壮胆。

三子,来,帮忙数钱。三子,来,给你妈磕头。三子,来,一起去送钱。年夜饭前,姐在包饺子,父亲在摆放鞭炮,哥在贴年画、门联、五福。祖母叫我数纸钱,拜祖宗。一摞黄表纸,剪作四方形,扎五个眼,一张张抓散,就成了钱。纸钱很轻,我一抠就是满满一竹篮。祖母去村西的土场上烧纸钱。土场积雪，白亮。纸钱燃烧，红光。祖母叫我跪，我就跪。雪地干干净净，雪地火焰飘飞。祖母喊一声谁的名字，就抛撒一把钱。有时也多撒一把，她心疼谁，就多送点。谁是谁，我都不认识。数钱，就是把粘连的纸抓散，点燃火焰后一抛，舞动的火舌能把黑暗燃着。祖母说，走丢的孩子，可以凭借纸火照亮的路回家。

年关，雪厚天寒，不能没有火。火亮，火暖。然后，就是彻夜不眠的年夜。我们盼新年，盼太阳火一样烧红东边的天。

而祖母，没躲过下一个年关，摔倒在冬至的门槛上。哥哥，也只躲过了十五，三月里急匆匆就走了。姐姐出嫁后，父亲说，你也出门远点，躲一躲。于是我躲到千里之外的海边，二十多年。父亲留在年关里，守家，守祖坟。

雪落年关。我回家，然后，看见春天也回家。万物苏醒，点燃，再次手牵手，跳起生命的锅庄舞。

风言，你是异乡人

寒潮过境，云被洗劫一空。有的妖娆为雪安抚人间，有的静默如蓝，融入漫无边际的空旷与荒凉。然后，白花花的阳光被北风推倒，满世界撒泼炫耀。

我当风立于这清冷的城市窗口，仰望劫后的天穹空空荡荡。眼睛酸，身子凉，我喘不过气。大风吹过，悲悯与疼痛，孤独与绝望，谣言与恐慌，似乎什么都将随风而去，似乎什么都要长留人间。

年年有寒潮过境，为何今冬这深蓝的世界，只有风响彻心扉？

那天正月初一，我们自襄河匆忙回到嘉兴的家。今天正月二十五，我们依然蜗居嘉兴的家。家，我看见太阳升起就想回家，我感受到南风起就想回家。纵使关山遥隔，我告诉父亲，城市病了，我想回你乡村的家。

父亲说，好呀好呀，农村人少，空气也好。

但种种原因，我最终还是待在了家里。待在家里才是家里人。为了证明自己的干净与友善，我撕碎自己，一片一片，像雪花一样丢进狂乱的风里。

漫天风言，我是异乡人。好吧，再坚持一周。一周，我已糊涂到不知从周几开始算起。

"大（da），朵儿要张口说话了，整天扑腾小手小腿，叽叽咕咕，她喜欢窗外的喜鹊飞、斑鸠叫。"

"大（da），昨晚嘉兴下雪了，一点点，早晨太阳一出就化了。呀，你怎么没戴口罩？医院里人杂。"

"哦，哦，你们饭吃了吗？天冷，少出门，多穿衣服。哦，朵朵乖。匆匆呢？"

朵儿不会说话，整天手舞足蹈，欢喜热闹。匆儿躲在他的青春世界里自娱自乐，跑出来对着视频叫爷爷，笑嘻嘻，是个英俊的小伙子。

父亲说话短而轻，他的气力这一年退化得厉害，而他的白发与老年斑正汹涌来袭。我说，我从不出门，城里同村庄一样冷清。初一到十五，月缺到月圆，天天如此。我有满天的阳光挥霍,而病了的父亲,静卧在时间的尽头,放缓生命的记忆,不悲不惧。

视频里,故土襄河肃穆如雪。我在这江南的城,孩子们守着屏幕欢呼二〇二〇年的第一场雪。父亲,你说欢迎我回家,陪你说些你引以为豪的土地上的事。乡村衰落,你的劳作应该得到记录与赞美。

年关在眼,外科病房白得惨淡。

父亲侧卧在床,松弛的皮骨弯曲折叠,像一架吱吱呀呀的旧水车。铁锹不用要生锈,腐烂成褐色的铁水,渗入泥土。田园不耘要荒芜,稗子、菟丝、青蒿乘虚而入,草木野蛮。那父亲为什么会倒下?我的脑袋嗡嗡作响,实在想不明白,一定也是生锈了。乡村的溃烂从父亲的胃开始。不播种庄稼,就滋生野草。不饲养禽畜,黑压压的乌鹊就霸占整个村庄。

盐酸昂丹司琼、西咪替丁、维生素 B_6、奥沙利铂、盐酸甲氧氯普胺。我们试图隐瞒父亲的病,说那只是被虫子咬坏的伤疤,像冻疮一样鼓胀的疙瘩。姐夫私下拜托医生、护士不要提病情,我也有意遮挡床头病历卡上全部的字迹。其实,父亲从不去询问这些奇怪的药名,也不关心各项检查数据,他相信医生,相信那一滴一滴的流淌,像他西大滩沟渠里的清水,拯救一个又一个枯干的季节。针头扎在盐水瓶的深处,憋气,换气,吐气,像风浪里腾挪的汉子。生命晶莹剔透,一滴一滴,沿着细长的管道徐徐向前,活泼欢畅。

父亲爱说驷马山水利工程会战、荒草圩抗洪抢险,爱说肩扛铁锹指挥他招摇的菜花、麦穗和金色的稻谷堆,也与我约好,七月里回家,带上朵儿,尝尝他菜地里的花皮西瓜。

冬天寒冷,但有明亮的太阳。父亲虚弱,他有温热的过往。父亲是我的靠山,我是父亲的热望。

一个疗程,两个疗程。春节过了,元宵节过了,立春也过了。寒潮来袭,父亲在等待我的归期。

立春过后是雨水,待雨润回家路,春暖花开,我要回到你的身边。

临别那天,村庄明亮。妻摇着朵儿的手,说爷爷再见。匆儿挥着手,说爷爷再见。朵儿穿着红色的毛衣,戴着米白的线帽。匆儿腼腆地微笑,反复说爷爷再见。兄妹俩相隔二十岁,他们站在亮闪闪的阳光下,说些凄凄惨惨的话。父亲呵呵地笑出了声,像个新年收获礼物的孩子。

这个冬天,风掀翻了雪,风穿透了人。风言,你是异乡人。风语,你是异乡人。而我病中的父亲抱起我襁褓中的朵儿,逗她咯咯笑。

白鹭栖在香蒲上

八月一日

稻田青绿,暑气蒸腾。我陪父亲去西大滩走走。

村庄逃离,乡野空旷。高铁在不远处疾驰、呼啸、震荡,炫耀城市对乡村的绝对加速度。八月的天,云堆积如山,只缺少一个轰轰烈烈的释放仪式。

那么多伢子穿越田野,从东边的城到西边的市。城市是他们奔走的目的地,而辽阔的乡野只是闭目养神的一段行程。

云爬那么高,想看什么呢?看被伢子们抛弃的田野和池塘。村庄是几十户人家的,人往哪个城里去,云管不着,也不愿管。城里人不在乎天，也不在乎二十四节气。田野上的草木扎根那儿，千年万年了吧，云对它们有情意，不远千里万里输水送气，把最洁净甘甜的雨水送给每一块土地，每一棵草木。

白鹭单腿栖在水塘的香蒲上。它与世无争，自己的安闲与素白与谁都无关。

田野上没有牛羊。怎么会有呢？高铁像野兽一样的嘶吼把它们鸡鸣狗叫的时光碾碎，掩埋到布满苍蝇与蚊子的后院。

八月二日

又到化疗的时间，我们去办住院手续。父亲在表格上填写自己的姓名、出生年月、家庭住址。种田人难得填写文字表格，常填的是生长粮食的田字格。父亲的字工整、干净，横是隶书，弯是行楷。父亲也是读过书的人，上过四年学，书写与做人一样，端端正正，干干净净。

突然，医护人员全冲去病房。父亲要住的病房里有人吐血，殷红的，灰白的。眼见一个健壮的男人被拉走，留下陪护的女人瘫倒在地，哀号震天。人在死亡面前无可奈何。死亡给予生者失魂落魄的惊吓。

我们逃去楼下,坐在凉亭里透气。我们聊童年读书和菜园里躲灾的往事。一九六〇年,大饥荒。三伯退伍回来,在民兵连做文书,接奶奶进食堂烧饭,接爷爷进木工房做木匠。偷偷地、幸运地、战术性地保住一家人的命。一九六二年,生产队派人用箩筐把十来岁的父亲、小叔和小姑挑回家,参加生产队劳动。放牛,看粮,孩子也需要出力挣工分。父亲有个习惯,每逢天旱水涝粮食减产,总把收回家的麦子稻谷堆放在床头。卧房里,一半是张床,一半是堆粮。粮食堆在眼底下,做梦也踏实。鼠灾严重的年月,父亲半夜捉鼠,心力交瘁,不堪其扰。但这是为了保卫粮食,一粥一饭,来之不易。天地"粮"心,珍食莫蚀,老一辈视粮如命,不忘饥饿苦难,是有历史渊源的。

父亲没有留院,护士允许他请假回家歇息。

三伏天的太阳刚好适合晒霉。下午回家,父亲搬出衣柜里的新旧衣物。那么多,毛衣、棉袄、长裥、短衫、棉鞋、黑袜、皮帽、马甲,几十年的衣物都整整齐齐地摊放在竹席上。生活的绵软与温热,光阴的匆促与流逝,摆在明晃晃的太阳底下暴晒。每年盛夏,父亲都要晒霉。去湿,去霉,给生活保质,给日子去晦。

晚上我们去散步,主要是去看望三伯。三伯长父亲十岁,骨瘦如柴,像瘦金体那样,瘦硬,遒劲,纤细,笔法外露,至瘦而不失其骨。但气管炎与胃病,正剥蚀他作为退伍军人的骨骼和气量。

三伯躺在床上,风扇呼呼地摇。

三伯不想吃饭,只想躺着。三伯不想吃饭,胸口有石头压着。

三伯说,上年纪了,不要怕。父亲说,不怕,多吃饭,多走走。

月亮红润,天高星远。时间不再是一根线,而是一个鼓胀易爆的球。

小灰摇着尾巴过桥来接我们,父亲很欢喜。

我回家看父亲,父亲也欢喜。

八月三日

父亲像个孩子,五点多起床,打听出门的时间。姐夫说不急,赶着查房就行。父亲就拿了衬衣,手撑着膝盖坐门口等。

早晨的天像个用久的锅盖,不锈钢的,有明有暗,还有一道被飞机划伤的痕。

头上罩锅盖,天热能煮菜。出门带上伞,多喝水。父亲抬头看天,说这又是难熬的一天。

父亲早早地赶往病房向护士报到。医生问茶饭怎样,父亲说吃了半碗稀饭。不想吃,不饿,胀。医生说,要想办法把胃口调起来,能吃什么就多吃点,补充营养。姐夫说,你吃一碗饭就相当于补充一瓶营养液。

努力吃饭,像一道生死令。父亲笑笑,不说话。有点赞同,有点难为情。

打升白针。白细胞力不从心,需要精神激励,以提升它们的持久战斗力。

左一针,右一针。父亲的三角肌松软无力。印象里,父亲的肌肉有线条,有弹性,有硬度,像蓄势待发的弓。而这些,突然如倾泻的积雨云,哗啦啦,然后风轻云淡,一无所有。肌肉,外表光鲜,骨子里,它只是依附在骨骼上的装饰。当坚挺的脊梁倒下时,最先逃离的就是所谓的肌肉,它不想承受衰老的疼痛,不想坚守最后的防线。皮,骨头,只有它们拥紧着不舍别离。

挂氨基酸和脂肪乳。父亲终于明白,吃饭,是生死攸关的大事。口舌之欲,是生的本能。身体的每个器官都无可替代。你要吃饭。你要好好吃饭。

大瓶,小瓶。父亲安静地躺着。要么闭眼,不去看滴滴难舍的时间。要么去梦里，遇见自己放不下的人。而躺下，腿是多余的，手是多余的，全身的力气是多余的。父亲熟睡时，它们会悄悄溜走。每一次张开嘴巴的呼吸，每一根鼓凸的筋脉，都是它们推开的门，夺路而逃的血路。

护士来换瓶，一小瓶唑来膦酸，缓解骨转移带来的疼痛。

空调房里凉凉的。父亲侧身蜷缩，肚上掩着毯子。偶尔拧紧眉，是脊椎那儿有谁摆开阵势，短兵相接，血肉搏杀。

父亲给我枕头，招呼我一起在床上躺着。病床狭窄，吱吱作响。在家时，从幼年，直到外出工作，我与父亲抵足而眠了近二十年。

八月四日

与往常一样，上午赶往医院打针，挂氨基酸和脂肪乳。父亲安静地躺着。

今天，父亲精神不错。晚饭后，他提出去看望卧床不起的小姑父。小姑父正一人在看电视剧《苍生大医》。他关心父亲，关心华佗，也在乎曹氏的斗争。姑父语速很慢，口齿不清，流着口水，手脚不停地抖。但他的生活热情依旧不减。

姑父面对疾病的坚韧与热情,是父亲今天最有效的药物。

半夜,父亲起床吃豆奶粉,吃香蕉,说有点饿。

他光着上身,曾经油亮紧实的皮肤暗黄松垮,老年斑,像阴影一样蔓延而来。人生不过一场演出,不论盛大或微小,待帷幕行将拉上时,锣鼓渐歇,灯火惨淡。

八月五日

父亲不愿去逛街。集镇上没几个他说得上话的人。父亲不关心社会时事,不爱与人聊八卦。嘴巴苦,喝口水。心里苦,要诉说。人们常说,女人有苦会找姐妹说说,男人有苦只知去沉默的汗水里流淌。

我们走走转转,一早又下了田。稻子做苞了,有急不可耐的几穗,骄傲地扬着乳白的花。一穗花就是一股稻米香,让人向往,让人爱怜。

父亲与我说稻田里的活,像一位老师絮絮叨叨地帮学生复习应考,也像与水稻说着魔性的话。我读的书,写的字,在父亲面前不值一提。父亲有个让我震惊的说法——如果农民都不种田,城里人会不会饿死。父亲懂天地"粮"心,那不只是土地生产的事。那些草木都是他的孩子,见着它们就有说不完的话和无尽的喜悦。我也是他的孩子,他见我一样喜悦。

没人说话,父亲也不孤独。早晚走在田埂上,他说给谁听呢?劳作的价值在田地那儿,做人的尊严在田地那儿。父亲与人话不多,他的话都说给田地了。

爱香家的田荒了,去年秋后的麦子,今年午季的秧,这个不安,那个不安,真没安好心。城里的钱好挣,城里的饭香,他嫌弃在泥土里长大的日子。爱香,这个名字多美啊。但他辜负了他爹妈的期盼。

他喜欢西大滩的白鹭,像云一样清闲,不声不响,在青绿稻田上悠悠地飞。

今天,月亮像水一样白。

我一个人沿着坑洼的机耕路走。我熟悉路,但路旁的虫鸟不熟悉我。多久没回家,我自己清楚。我走走停停,东张西望,轻手轻脚,一看就不是村里人。路上构树、栅刺、青蒿、茅草与蜘蛛一起设下天罗地网,拦截我。青蛙、水蛇、斑鸠、灰鹭突然蹿出来,或是扑通一声,或是扑棱一下,想吓唬我。有一点我放心,它们只是换一种方式招呼我,夜晚还愿意上田野走走的不是坏人。

月亮走得快,我不急,慢慢地走。有月有风,我舍不得,也不想打扰鸟雀清凉的梦。

姐催我回家洗洗睡了，田埂上虫蛇多。我说，没事，我只想走走。

乡村的夜里一定藏着什么，我总能看见过去。

八月六日

今天检查父亲的血常规，满满一管。父亲嘴巴进来的东西少，血管溜出去的东西多，没想到身体里还豢养那么多的豺狼虎豹。

帕瑞昔布钠、氯化钾、维生素 C、维生素 B_6、葡萄糖。注射，挂点滴，父亲习以为常。疼痛，让人麻木。时间，也会让人麻木。

父亲闭着眼，不闻不问。拧紧的眉头解不开，那里有一把锁，锁着他一生的情与爱。他不睁眼，不说话，把爱与悲伤都在眉头里藏着。疾病，就是这样的魔鬼，拖你去明亮的人间之外，过那种黑暗的不需要眼睛的生活。

八月七日

今日立秋。阴，象征性有点凉意。但三伏天还在，云层之上，火气炽盛，让人失眠、头晕、心躁。

　　文艺的城里人都在深情畅想秋天,而村庄里的父亲无动于衷。津津乐道的民俗谚语很久不说了,不是一个,二十四节气,半月一个。父亲只关心自己的身体,照顾了那么多节气里的庄稼菜蔬,最后一点气力留给自己。

　　父亲不怕热。热了,水稻才能做苞扬花,瓜果才能甘甜鲜美。热了,人才能出汗排毒,家的阴凉才让人念念不忘。

　　父亲怕凉,秋风起,树叶落,冷冷清清。

　　果真,落雨了,立秋了。

　　匆儿与朵儿兄妹俩在视频那头喊爷爷,脆亮,喜悦,咯咯笑。父亲所有的痛散了,只剩下疼,心疼的疼。没有什么药能让父亲如此舒心。

　　下午阴,我与父亲去他开垦的那片菜地。菜园旱了,涝了,枯黄一片。父亲拔一棵花生,甩甩土,挑一颗给我吃。花生脆,夹有泥土的生腥味。父亲不吃,不想吃。

　　田间已没有人走的路。鸟有天空,鸟有树枝,不需要路。兔有软骨,兔有轻盈的身体,不需要路。土地长稻谷,留下土埂长杂草。

八月八日

　　暴雨,雷电。天亮了又黑,灯暗了又亮。

去医院,谁都不容易。病人身体难过,家属心里难过。医生也不好过,雨大水深,上班路难过。

我突然想念大慈大悲的观世音。今天是他的成道日。既然如此,雷鸣电闪是有原因的,多念几遍菩萨名号,救苦救难、有求必应是灵验的。

越走越远的事实

一

一天又一天。一瓶又一瓶。父亲想下床走走，想找人说说话。

父亲话不多，三句不离种田的事。偶尔也会说"放着田不种，进城吃什么""农民不种田，城里会死人"一类的胡话。说这话时，他痛心疾首，像一位忧国忧民的政治家。父亲的执念没几个，听众也没几个。我不听，也就基本没人听。

"你不种田，城里不会死人，人家过得比你好。"田里劳作的人，像草木一样过生活，无须对谁负责。

我无心伤害他，但有什么从他的眼眶里逃走，只落下深陷的虚无。他的眼睛红肿,凹陷,像一个被掏空的矿坑。年少时忍饥挨饿,噩梦一般缠绕着他,成为他永生的悲凉。

父亲有长长的眉毛,别人都说他福气好,一根眉毛一年寿。父亲听后总是呵呵笑。如今没人再说他的眉毛,大家见面只是勉强笑笑,不知说什么好。

父亲前半生没住过城里的房子,临老,终于住进来。房子,是医院的病房。

病房没病,干净、安静、凉爽。我们住在九楼,临窗看去,灰黄的楼宇间隐约可见绕城的襄河与临江的青山。江河如练,青山远去。襄河、滁河、驷马山、凤凰山、江浦城,过去这些奔腾的地理印记,如今突然安静下来。医院从城里的南屏山搬出来,远离闹市,开阔、清静,稻田青绿,沃野安详。

"大(da),我们下楼走走,外面就是稻田。"

人不能把自己全盘交给医院。医院只负责看病,而父亲还有许多向往和挂念。

城里的高楼让他头晕。他从上往下看,一颗心悬在断崖之上,摇晃,没有着落。他从下往上看,整个人受着砖石的挤压,扭曲变形,楼房像要倾倒下来。父亲说,总感觉心慌,不踏实。我说,别怕,这不是病。他低头走路,有车子飞驰而过。他抬头看天，楼房的窗洞，一排排、一列列，像饥饿的嘴巴。进城、进医院，我也有和父亲一样的症状，疲乏、紧张，腿沉重而不知走向何方。

父亲的身体越来越虚弱，这是事实。父亲的心理越来越无助，这是事实。

父亲暂时不知自己的处境，只是长期住院，心理焦虑日渐强烈。

医院的东边是废弃的田地，建筑队正在轰隆隆地打地基，楼房即将拔地而起。往前跨桥过襄河，稻田、瓦屋、杨树、禽畜，依旧是村庄本来的模样。乡野劳作辛苦，但在田埂上俯视稻田，总比在城里仰望楼房有自信和成就感。

楼房比水稻旺盛，多少人正弃田进城。村里二十来个壮劳力多年不见，听说在大城市里做泥水匠。家里的田荒着，家里的房子空着，家里的爹妈老着。

挖掘机、打桩机，它们是开荒者。塔吊、楼房，就是土地上长出来的收获。楼房长到哪里，人与车就追到哪里。城的覆盖吞噬速度不比沙尘暴逊色。蚂蚁菜、牛筋草、菟丝子、水蜡烛，不霸占土地，只是与庄稼一同分享天赐的水和土。城不一样，它胃口大，什么都要吞。生吞活剥，鲜血淋漓。城的边缘，每天都在上演掠夺大战。征地、修路、围墙，然后啊呜一口吞下,像贪吃蛇一样长长。吞不下的,就地掩埋,用柏油,用水泥,用滋滋作响的车轮碾压。不知哪年哪月,柔软的泥土才能翻身解放,把灰暗的钢筋水泥摁在地下。

"这么多楼给谁住呀?"

"村镇上的人都想进城,当然需要许多楼。那么多城里人,曾经都是农村人。"我也是,我离开村子已经二十多年。

父亲从来不觉得土地是踩在脚下的奴才,他一直把土地当作需要精心侍奉的父母。生于斯,葬于斯,每一个日出与日落,都像祭拜一样把身心交付于它。

看见土地,父亲才有话可说。他是那么热爱土地,草木葱茏,生灵可爱。乡村的每个老人都应该得到安静的善待,他们不争不抢,只希望像草木一样安静地滋长,安静地老去。

早晨,成群的乡下人搭早班车赶来这城里的医院。他们的皮肤黑而明亮,只是内里正在锈蚀溃烂。他们像伤痕累累的拖拉机,年限已满,需要修修补补,更换零部件。个别几台,已失了维修保养的价值。

我在楼道上遇见一位七十九岁的老亲,她住十二楼,患脑梗。父亲叫她表姑姥。

我们就一起复习正在被遗忘的王家老亲。赵店有,大池有,台坝有,王户有,水湾有。亲戚会远去,亲人会老病,而自己岌岌可危。

父亲待田地比我好。那么多的时间播在那里,那么多的目光聚在那里,那么多的汗水洒在那里。父亲把一辈子的时间献给田地,滋润着冬麦、油菜、水稻、棉花、花生、红薯、玉米、西瓜,还有菜园里那些白菜、萝卜、茄子、辣椒、韭菜、长豇豆。人一生吃田地的喝田地的,怎能不深情以待?

而父亲何时深情地注视自己呢?父亲关心城里人的粮食,殊不知自己溃不成军。

我们爬上住院大楼的最高层,什么都看得见。田野墨绿,河水清亮,青山与白云在天际交头接耳。隆隆隆,合宁高铁高调地宣示自己的到来。呜呜呜,襄河水低声诉说土地的苍茫……城市文明汹涌而来,乡村田园节节败退。土地的悲壮在于孕育了万物,依然被漠视与抛弃。

"大(da),明天再验个血,就可以回家了。"

二

明月出村头。我们沿着窄窄的村路走向田野。

村路寂静,我们遇见几位饭后出门的邻居。月亮俯瞰众生，人间享此光明。大家走走停停，说些像月色一样的亮堂话。随行的孩子兴奋不已，奔跑，追逐，脆亮地笑。明月是人世的蜜，没有谁在月圆之时把酒对月，独自哀伤。

村里人抬头见月，心里的美清淡明亮。人在乡野，草木葱茏，泥土温热，星辰照彻，苍天慈悲眷顾。城里人喜欢在手机上分享月圆的喜悦。不能见面，但饱含深情的好意心照不宣。祝你灿烂，祝你明亮，祝你圆满。这些甜蜜蜜的话语，其实是在祝月亮快乐。城里的月亮不快乐，东躲西藏，怕楼顶把它戳破，怕屋檐把它割破，最怕城里人瞅着望远镜把它坑坑洼洼的一点小心思说破。其实，城里人低头走路，抬头看灯，窗灯、路灯、车灯、红绿灯，满世界都是灯。灯火灼伤了城里人的眼睛，城里人仰望星空，什么也看不见。

月亮乐呵得掉了满嘴的牙。她的下巴太圆，一张嘴，骨碌碌，乳白的牙就滚落人间。一说起这些，月亮就笑，直不起腰。于是人们举头望明月时，就见不着中秋月亮细长的腰。心宽体胖，你看月亮的脸，快要兜不住她心里那么多的快乐，坠落，坠落，幸好有白杨树托着，不至于坠入清浅的沟渠里。

我胡思乱想时，父亲走过来。他说过去的月亮比现在的月亮快活。快活，就是快乐，村里人喜欢用自己的语言词汇。城里说"祝月亮快乐",村里应该说"祝月亮快活"。

父亲说,过去的月亮快活。暗夜降临,村庄卸下烟囱里的烟和脚上黄色的尘。禽畜归圈,灯火摇晃,夜行的蝙蝠与野猫抖擞精神,寂静好出门。蝙蝠把自己留给夜色,它说,夜色适合做点小动作。至于什么小动作,人眼看不见,蝙蝠飞翔在另一个世界。

家里没有电视,但有收音机,放在堂屋的香案上,与香炉、大闹钟并排一起。听新闻,听天气预报,听每周一歌。有月的晚上,大人们搬着条凳坐在场地上捣经。捣经,鼓捣一些什么经呢?田里的活,家里的事,偶尔评论几句收音机里的时政新闻。孩子倚着爹妈,歪头听。那些时候,耳朵灵敏,眼睛明亮,人间的儿女,天上的星月,一件不会落下。

风起了,月亮倦了,村人打着哈欠。

我看着月亮,就开始做梦。睡梦,不用担心被黑暗抢了风头。有星星立在梦里看守,每一夜都明亮如月。

三

乡野,是城市的背景。田地、河流、远山,或模糊,或清晰,正从车窗外疾驰而去。

高铁从城市张开的嘴巴里出发,在辽阔的郊野上与风赛跑。呼呼呼,风气喘吁吁。隆隆隆,车振聋发聩。轰轰烈烈,车载着人,人依着车,一起在既定的路线上奋勇向前。这是一场较量,时间与空间,他乡与故乡。

列车前方到站,上海虹桥站。昆山站。苏州站。无锡站。常州站。丹阳站。镇江站。南京南站。全椒站就要到了,请下车的旅客认真检查好随身携带的行李物品,到车门口等候下车。全椒站到了,全椒站已经到了。

全椒是我的故乡。因为故乡,城市与铁路才有了精神意义。列车前方到站。有人下车,有人上车。下车,不要遗忘行李。上车,不要遗忘故地。

带走父亲的是时间,不是疾病。疾病是根针,刺痛只是一瞬,而时间是根线,穿过的地方都留下一个无底洞。死亡是一个停顿,或是一个结,未完的部分需要待续⋯⋯

亲人们进门,快步走向父亲的床头,高声喊:"四大(da),今天格好点。""光贵,今天格好点。"我也高声地喊:"大(da)。"他不作声,再大声一些:"大(da),我回来了。"姐在边上一遍遍地喊:"大(da),大(da),大(da),三子回来啦。"这回,父亲勉强转过头,眼睛微微睁开一条缝。父亲不说话,脸色灰暗。

姐冲些奶粉过来:"大(da),张嘴,喝点吧,胃里好过点。"父亲的喉咙在蠕动,但是张不开嘴。

父亲躺着,水米不进。隔着一扇门,我在门外,他在房内。他与他的收成睡在一间屋子,麦子、稻谷、花生,粮食是他一生的荣誉和骄傲。他把时间掰断,睁眼一段,闭眼一段,不远不近地丢弃。

父亲的生命正在被稀释,时间越来越少,虚无越来越多。生命不再厚重,像漂在水上一样,轻浮,没有着落。苦涩的药物,冰冷的手术刀,快一点,将我欠下的时间讨回,将父亲被吞噬的生命讨回。

一片叶子丢了,不影响季节的心情。一树叶子不见了,四季会失魂落魄。

泥土上长出树叶。泥土上走着父亲。后来,树叶被泥土消化了,父亲穿过红艳艳的火,落地为土。

四

一个初冬的早晨,薄雨,湿冷。斑鸠咕咕,消磨一年最后的时光。

三伯拄着拐棍进门来。

三伯颤巍巍坐到床沿,伸手去被子里摸父亲的手、父亲的脚。

"光贵,格认得我啊?"

"不吃怎搞啊,没点子想,说搞这样就这样。"

"好起来嘛多好哎,生病了没办法。格晓得我是哪个啊?"

"不晓得了,可怜啊。人讲不尽,怎讲呢,吃能吃喝能喝的,怎搞一下子这样呢。"

三伯抚摸着父亲的手。兄弟俩的手都是那么消瘦。

父亲慢慢转过脸,张张嘴,哦哦两声。眼睛睁不开,嘴巴张不开。姐用汤勺点些白开水。父亲转脸过去,再也没有转过来。他正慢慢远离我们的世界。

三伯用手擦拭眼泪。八十三岁的眼窝深陷,七十三年的兄弟不舍。三伯是父亲的三哥。父亲是三伯的四弟。老兄弟五个,只剩他俩。

三伯天天来,一天也不能落下,落下了,就永远看不见了。三伯来了只是坐一会儿,回家又总念着"我要去光贵家看看"。三伯一碗粥都吃不下,整天泪眼汪汪。三伯有气管炎和胃溃疡,几十年的病根。三伯喘,三伯瘦,三伯出门挂拐棍,摇摇晃晃地走。

只是坐一会儿,三伯起身要回。三伯习惯性摸摸父亲的手和腿,拉拉被子,像是能把时间拉回到七十年前。"光贵，我走了啊。"父亲歪头朝里，没有回音。三伯拄上拐棍，颤巍巍地走了。我送三伯出门，大家都不说话。（两个月后，腊月二十七，三伯也走了。）

早晨，几位老兄妹来说句宽心话。三伯，三妈，姐夫的爸和妈。姑妈骑着三轮车，载着姑父。都是风烛残年的人，相依为命的伴。只有大姑父习惯背着手，像个隐逸乡野的智者，说话永远干脆透亮。父辈那么多人，剩下的全在这。

一个初冬的早晨，大姑父终于开口把癌与转移的事都如实告知。父亲从此再没有坐起来。

在这疾驰的人间，年轻的我们执着奔跑，而老人们需要慢下来，再慢下来，停在原地，守着他们的家和土地，直到生命的尽头。

五

看不见，也听不见，一扇门正沉沉地掩上。光进不来，风进不来，寂灭，昏暗，像炊烟一样散向荒芜的村野。

我捧着父亲的手，他的手纤细、松软。没有希望的流淌，没有照耀的土地，不再苏醒的肉体。

父亲气息奄奄，如夜深人静时候墙上的钟摆，嘀嗒，嘀嗒，嘀，嗒，嘀。不知什么时刻，钟摆丧失了行走的力量，把对阳光的期许和对星月的仰望一并抛弃。钟摆的腿脚有不方便的时候，钟摆的神经有麻木的时候。嘀与嗒之间，是一道轨迹，也是一段虚无。一头是希望的满足，一头是失落的无助。漫长行走，只为寻找一个理想中的平衡。谁都不会相信流水一样清澈的时间会上锈，但时间确乎也有走累的时候。谁还会记得黎明前公鸡那声明亮的啼叫，催促，喜悦，一声声，一句句，此起彼伏。人有人的时间，不至于让日子失去轨迹，或让勤劳的村人空手而归。

时而平稳，时而停滞，时而又呼噜四起。这是生的喘息，无须担心，又脆弱得不堪一击。生命是一团野火，曾经燎原，灼灼辉辉，也曾经肆虐，惹火烧身。

父亲一生无求，不声不响。一生所爱，除了土地，只有家人。

没有疼痛的呻吟，没有绝望的嘶喊。没有满足，没有失望。安静地儿女情长，安静地烟火人生。一草荣枯，一叶落尽，大抵如此。

慈爱的父亲给我充裕的时间，出出进进，来来回回。我从容地面对，慢慢地接受。我将泪水流干，将悲伤散尽，然后放开僵硬的手，让父亲就此投入新的轮回。

窗外一只公鸡叫，另一只也叫。它们给我希望，新的一天开始了。

六

做饭是姐的事。姐忙，没时间说悲伤流眼泪。她那油亮的护袖围裙只够照顾父亲的饭菜。劳作是治愈哀伤的良药。

父亲犯七。亲戚们来送饭。

鸡，鸭，包子，石头鱼，管坝牛肉，自己种的芫荽，自己种的花生米，一碗新米饭，一瓶老明光酒，一双筷子。

父亲独行的路上受着苦。我们烧纸钱，我们送饭菜，我们排着队来给父亲壮胆。

摆饭，敬酒。然后大家磕头，喝酒，说些自我安慰的话。

姑妈说，四哥好人，保佑下代平平安安，一生都好，别让伢子带怕。

堂哥说，老几个这下有伴了。

二嫂说，四大(da)走了，我一点都不怕。

我与姐不说话，磕头，喝酒。

父亲一生话少，不爱说话。但他心里明白，大家对他的好。

一人磕三个头，喝一杯酒，吃一个菜。

三伯远远站在路上，孤独地看。他听不清我们在说什么，他的耳朵失聪得越来越厉害。听不见也好，世界清静，心得安宁。

烧纸，放炮，跨草火。

我们一家人陪父亲过难关，但愿大家都顺利。

我与姐都不哭，别人也不哭。

酒热，火热。雪后阳光在青天上照着。

几位堂哥走在回家的路上，他们的身影多么相像。我想起父辈们的壮年和老年。堂哥们年近六十，做了爷爷和外公，正成为王家的新一代老人。

三妈说，下次回家看不到你大（da）了。

大嫂说，四大（da）这就越走越远了。

七七四十九天，"做七"结束。这天腊月十六。我们陪父亲又走过一段艰难的路程。放下或是放不下，我们都接受了父亲越走越远的事实。

下弦月，一颗孤独的星

晨星把下弦的月牙钉在幽暗的天幕上，苍凉而孤绝。

我立在摇摇晃晃的车上，抬头便见东南边那钉子一样的晨星，把一息尚存的下弦月牢牢摁在肃穆的穹顶。凌晨六点，弯月低垂，一阵风的叹息足以熄灭它万般的不舍与哀怜。

回头，我低声告诉匆儿，靠紧点。姐也说，大家靠紧点。我的一家与姐的一家，倚靠在一起取暖避风寒。早起的朵儿，藏在妻的怀里又暖暖睡去。

冰霜严寒，哀乐低回。我捧着父亲的相片，艰难向前。我们冲破乡野弥散的雾障，护送父亲去那闪着火光的地界。

从年头到年尾，父亲终究没能逃脱病了的庚子年。父亲恍恍惚惚,隐隐作痛,寝食难安。验血,拍片,注射,输液,吃药。吃药,输液,注射,拍片,验血。我人在异乡,全仰仗姐夫领着父亲,一趟赶一趟,一季连一季。如果父亲是乡村气喘吁吁的耕牛或锈迹斑斑的农具,那医院里无休无止的进出就是麻醉式的自我安慰。疾病欺软怕硬,衰老紧追不舍。晚景惨淡,谁家的父亲都难以幸免。

下弦月是后半夜疲惫的眼。天地旷远,人世荒凉,太阳抛弃了它,任由一颗孤独的星领它去虚空处安放。天高风寒,我在缓缓前行的路上含泪仰望。

月亮脆弱,无力宽慰人间。她撒下苦涩的白霜,算是寄送与我的生命问候。

过村,跨桥,爆竹闪耀嘶响。火焰有炽热的魔力,草火、山火、天火,照彻游丝一样飘浮不定的魂灵,打破幻化为尘埃的魔障。游魂总是眷恋村庄,它们是回不了家的故人。幽灵拦在桥头,伺机制造一场又一场撕心裂肺的断舍别离。

魔是有的。弥留之际,它们合伙折磨坚忍不语的父亲。像鹰爪一样刺入父亲的脖颈,像石碾一样倾轧父亲的胸膛。父亲瞪眼,抓胸,面色惨白,气息奄奄又无可奈何。姐握紧父亲的手,哀怜地喊,大(da),大(da)。姑妈嘶哑着叫,四哥,四哥。呼唤他,安慰他,拯救他。父亲看见的,我们一无所见。父亲遭受的，我们一无所受。

我不相信神，也不知有没有姑妈说的仙。魔要来抢走父亲时，没见哪路神仙来助力施救。是父亲自己最后拼命一蹬，挣脱捆缚一生的锁链，为自己争取了永世的自由。

我游走他乡，不能相伴父亲左右，愧对父亲的育养之恩。我假期带上匆儿、朵儿归家，本想承欢膝下，终了也只是享用父亲对待客人一样的优渥招待。我偶尔帮父亲扛锹提桶，在菜园地走走，难免提及一些伤感的话题。"生死常事，没什么可怕的，有来就有去，一代代都好好过着呢。"父亲少言寡语，但他有乡里老人朴素的生命思考。

父亲自二十八岁时，独自一人拉扯我们哥姐弟三个长大。生命的意义莫过于子嗣繁衍。我与姐与哥，以及我们的孩子，就是他今生最大的意义。

谢恩拜别。炉火点燃。生命是火燃烧的样子。旺时，风撕扯蛊惑不了它；弱时，一滴眼泪就湮没了它。

我与姐说，妈走得早，大（dà）一个人苦。他心宽，不计较，家庭和睦，日子过得也心安。

生死天命，心安是福。村里信教的大妈妈们多次上门劝父亲也去信仰点什么。他摆手摇头，不信，不信，神神道道的东西。他甚至不信所谓的科学，每次医生查房，把病床围得白花花时,他就翻来覆去,烦躁不安。他相信村庄土地上发生的才是可靠的真相。生长,开花,枯萎。枯萎,开花,生长。晚年,父亲迷恋他的菜园子。清晨,卷心菜亮晶晶,绿莹莹的露珠闪着和婴儿一样的眼。傍晚,晚霞把火点燃,将一垄白萝卜渲染成羞答答的红萝卜。雨后,土田鸡蹦腾欢悦,从韭菜到黄豆,从紫茄子到白茄子,似乎都成了它们的收成。霜晴,斑鸠一家落到园子边的稻茬地,咕咕咕,翻东捡西,似乎地里藏着长生不老的药方。忙活迟了,上弦月会早早地在头顶弯腰张望。父亲一个人,需要有人做伴。父亲没必要再去思考那些让哲学家们伤透脑筋的生死问题,也很不情愿把自己的身体交给肿瘤医生们。

水蒸腾为汽,汽运走为雾雨霜雪。然后奔突翻越,千回百转,随风潜入无垠的流淌和滋润。生命不曾消失,只是暂时退隐或变形。

疼痛,来自费尽心机想不明白,依然抓紧不放。父亲是个简单的人,他只想他绿油油的菜园和我那笑脸盈盈的匆儿和朵儿。匆儿二十岁,朵儿才两岁。累了,烦了,他就像孩子一样去睡觉。睡着了,想去哪儿就去哪儿,不回来也行,不醒来也行。旷野过冬的鸟兽草木爱睡觉,它们从不为春天什么时候到来担忧,更不会学城里为颜面而生的花草,勉强爬起来，反季节生长或绽放。

作为农民，父亲朝夕行走乡野，一生与草木相处，他明白，死亡不是不可避免，而是随时即将发生。生命不息，死生如一。劳作一生，父亲用劳作帮助自己闯过了难关。

姐，不哭，我们都不哭。大（da）去了他该去的地方。我们好好生活，一代又一代好好生活。

下弦月悲悯人间孱弱的生命。钉子般的晨星凝视着我们，生死悲号，死生交替，以及炉火中腾空而起的团团青烟。

星月退隐，太阳出来，这是个大晴天。我们把父亲送上山。

"妈，我把大（da）送来，你仔细看看，还是那个想念中的他吗？"

关上门，一对别过四十四年的夫妻，在明亮的冬日又相依相偎。

死得考究或潦草，都无关紧要。但愿父亲大人安息，从此不必在荒凉的人世像蝼蚁一样匍匐前行。

这一天，庚子年，农历十月二十九。

低头走路，我会想起父亲

烟追着火，火背着烟，它们龇牙咧嘴，做着轰轰烈烈的岁末追捕游戏。炸裂，轰鸣，亢奋，村庄被爆竹渲染得忘乎所以。高昂的二踢脚，砰，砰，像个脚下生烟的野伢子，蹿到白杨树梢上，给枯黄的乡野传递坚强生活下去的福音。村庄的耳朵无限富足，而苍黄朽腐的土地只能消受一点庚子除夕的破碎与沉重。大年三十，寂寞的村庄终究被点燃，如冰水滑进沸腾的油锅，亦欢乐，亦疼痛。

而鸟心惶惶。鸟雀是乡野的修道士，它们无法接受冷漠的土地突然炸裂的惊扰。

麻雀抱成团，像一股突围的难民，从村南光秃的杨树林潜入西大滩惨白的稻茬田，又扑棱棱四下溃散，慌不择路。

天涯何其广，但亡命之徒是没有归宿的。白鹭，往天上飞，想找条缝逃离这隆隆作响的人间。白鹭太天真，像它的羽毛一样不知天衣无缝，除了乡野，天地再也没有什么遁世的僻静去处。城市是精英们角逐的战场，绚烂、轰鸣，或是惨烈，都与一只乡野的鸟雀没有关系。惯于吟风咏月的简静日子，遇上年终这惊天动地的排场，于谁都心神不宁。

喜鹊，叫喳喳，唱京剧黑脸似的，绕着灰色的村庄，把一棵棵挺拔的杨树唱秃了头，把一个炎凉的冬季赞美得安宁祥和。舞台那么小，观众那么少，没有谁在乎它唱什么，喜鹊也不在乎唱给谁听。斑鸠是村庄迟缓的老人，麻雀是活脱的小伢子，它们是村庄忠实的观众。新来的褐雀子，抖动头顶招摇的羽冠，不怕人，不怕羞，纵使大年三十，依然为一点滑腻的油水而蹦跳在人家的门前屋后。它们本有个儒雅的名字，凤冠八哥，但为了黯淡的生活，出门的衣着足够黑，处世的脸皮足够厚。厚黑是门学问，是适者生存之道。喜鹊有点慌张，只会唱赞歌还不足以迎战褐色鸟群对于世袭领土的争夺。

田野上有公狗厉声尖叫。它被人抛弃，像犯人一样被发配去看守冰封的鱼塘。孤独、饥寒、锁链，不只失去奔跑的尊严，还受着爆竹撕裂的恐吓。爆竹曾经的使命是驱逐一个叫年的怪物,如今一并摧残着乡村无助的鸟兽。冰盖下的鱼虾们无动于衷,大寒以后,它们就不曾从麻木的沉睡中醒来。

年关,过年,过一道艰难的关。砰,一声破胆。轰,二声夺魂。然后噼噼啪啪,四野回荡,一年的时光,完整的或是零碎的,破碎,呼啸,失魂落魄。

过年,就是驱逐。驱逐人以外的烦忧、畏惧、惊慌。有些是浊气魔障,有些是愚昧无知,有些是可怜的作鸟兽散。

过年,就是呼唤。呼唤不想回家的孩子,以及回不了家的游子。故人已习惯野外的冷清与寂寞,春风化雨,草青木荣,都是他们长情的言语。

村外旷野里的祭扫烟熏火燎,村内人家的年夜饭热气腾腾。儿孙们去坟茔上磕头烧纸,送寒冬里的一把火。回不了村的城里人,提篮去城外的空旷里画个圈,就着纸火,说上几句相思的话。噼里啪啦砰,纸火摇曳闪烁,温暖而又明亮,不知是喜悦还是哀伤。后人坚强着闯过年关,先人早已忘记这是哪一个年。

草枯叶落,只要根在,东南风总能按时唤醒它们。而人呢,儿孙都在,为何不曾坐起来张口说上一句话?生与死,是一条时间轴上的两个点,彼此一直不曾切断联系,大家在各自的时空位置，串联成绵延不绝的生命长线。

村庄逃离。我也逃离。城市抛弃了村庄，我背井离乡。城市坚硬，我亦冷漠，留先人在那霜寒枯寂的村野。

而鸟雀把温热的家安在荒野，与我的先人靠得如此之近，像邻居一样。父亲，母亲，生养我的爹娘，仰仗你们这些土地上的精灵，赞美，唤醒。唧唧唧。咕咕咕。噜噜噜。一声声，一句句，年月不曾空置，斯人已不再回首。岁月久，人世远，让这乡野的啼叫一个一个掏空。

父亲在田野劳作，与草木结下一辈子的交情。他把母亲托付给草木，自己甩手去那温热的泥土安身。父亲说，等到三月，风起水生，去看那湿润的春泥，绿油油，泪汪汪，草木什么样，父亲母亲就是什么样。

村庄没有我的土地和房屋，我是鸟雀眼中归来的客人。父亲会爽朗地介绍说，这是我的三儿。但他早已不能开口，永远不能爽朗地笑。

低头走路，我会想起父亲。抬起头，杨树梢上凌乱的喜鹊窝刺痛我的眼。村庄把最好的风水宝地留给喜鹊安家，喜鹊只给树林点了一颗黑色美人痣。

你们有家可去，我已没有归处。父亲不在家，母亲不在家。推门，世界飘着风和雨。

一只斑鸠站在电线上，两只斑鸠站在电线上，歪着脑袋看我。电线把乡野完整的天空割裂，不曾流出殷红的血，已然是难以抹平的疤痕。红嘴鸥在盘桓，要要要，似哀求，生活让谁都不轻松。要什么呀，不就是褐色鸟群占了你的地盘，让你无处安家落户、生儿育女。

沟渠流水，咕咚咕咚，它们在打听春的讯息。

沟渠那边，有我的姑妈。大年三十，我去看姑妈。姑妈最小，是七个兄弟姐妹中最小的一个。基因如此强大，年迈时，兄妹的长相越发相像。看姑妈，我想起远去的父亲，想起大伯、二伯、大姑、三伯、五叔。我坐到姑父身边，陪他在轮椅上静静地度过这难以平静的庚子灾年。准备年夜饭是小姑妈这一年最后一件差事。表妹们都早早回娘家，带着孩子和热热闹闹的欢喜。姑父生养三个姑娘，这是他今生引以为傲的丰功伟绩。姑父被疾病囚禁，帕金森、糖尿病、脑梗，十几个年头，茫然无期。幸好，三个姑娘出出进进，六个外孙像黄鹂鸟一样蹦跃欢叫。

三子，在哪呢，回家吃年夜饭啦。父亲不在家，母亲不在家，只有姐在电话那头招呼，三子，回家来。

十里以外是母亲

风在白杨的枝头呜呜诉说，它似乎知道点什么。

我学风的样子，朝着四月轻唤母亲的名字。清明过了，母亲依然没有随草木生长出来。春是个追风的姑娘，她为浩荡的南风来，无暇顾及我春水一样的忧伤。我的嗓音沙哑，我的头发已白。父亲走了，而我依然困在一间潮湿的屋子里找不见回家的路口。

四月的草木足够茂盛，但父亲看不见，母亲看不见。耕耘的人把自己种进了土地，成为生长的一部分。灰斑鸠在麦地的那边啼叫，咕咕——时而充盈，时而空旷，乡野的尽头有菜花一片。

父亲健在的时候，母亲住在他枯涩的心里。父亲离开的时候，一并把母亲带去了鸟声嘤嘤的山野。送父亲上山的那夜，大风吹雪。我担心吹散了我的父亲和母亲。我拉住风的衣角，恳求留住我的父亲。我走向人群，打听谁见过我的母亲。

远房的姨娘说："荣芝来你家八年，留下你们三个伢子。她先是给了水湾一家，关系搞不好，一年不到就回娘家了。然后我姊把她介绍到你家。"

姨娘的姊，我叫她二妈，父亲叫她二嫂，母亲却叫她表姑姥。母亲应该与父亲一样称呼二妈为二嫂，但二妈与我的外婆是亲表姐妹。母亲那年十九岁，在辈分称呼上羞于开口。二妈是爽朗的人，赶着人多的时候，硬是热热闹闹地让母亲改口叫二嫂。到哪头按哪头的叫法，叫乱了大家也不计较。二伯家的堂哥们有时称呼母亲叫四妈，有时叫表姐。我儿时不明白，现在懂了。

"荣芝生病那年二十七岁。我有次去大队部的路上碰到她，问，荣芝你一个人去哪呀？她说，到村卫生室打针挂盐水。那时没人知道癌是什么，她只说肚子胀，人发软，脸黄，很瘦。"

小姑姥说："四嫂个子高，四方脸，跟你外婆一个样。外婆家要跟着搬到冯石来，你妈拉板车，从曹安一趟又一趟地拉东西。然后就病了。

"奶奶照顾你们三个伢子,你哥七岁,你两岁不到,只能给点吃的喝的,不冻不饿,总算拖拉成人。那时也不懂,你头疼发热奶奶就去场地上画个圈烧点纸,拜几下,求老祖宗保佑。奶奶不论去哪家走亲戚,都领着你。你小,奶奶抱着背着,早晚带在身边。你一九九五年去浙江教书那年,她跨门槛没跨过,倒下就走了,一句话也没留。

"你妈当时什么也没留下,除了你们三个,其他都烧给她带走了。

"你妈把奶奶的寿材睡走了。后来补了一张,又被你哥给睡走了。奶奶走的时候,没有看见自己的寿材是什么样。"

奶奶,杜有芝,一九一三年生,十七岁起生养,共育有十个孩子。早年见过三个孩子的夭折,中年痛别年轻病故的儿女,晚年含辛茹苦照养我们三个。而今,奶奶的子女只剩小姑姥一人。小姑姥眼见七十岁了。

大姑姥家的表姐说:"过去日子苦,我妈也有病,我们四姊妹,经常去外婆家。四舅妈煮鸡蛋给我吃,还给我梳头扎辫子。四舅妈善良,愿意为别人考虑,从来没和外公、外婆、舅舅、舅妈们拌嘴。舅妈喜欢我……记得有年夏天,在大舅家门前那棵枣树底下帮我捉虱子。我小时候头发少,虱子多,舅妈帮我捉下来,排队放在板凳上面给我看。一个个虱子,用指甲摁,啪啪直响。舅妈笑,我也笑,一点不觉得虱子可怜。

"那时,你们跟外婆、小姨住在一起。每次我去时,舅妈总是从罐子里拿糖给我吃。我小时候嘴巴甜,喜欢叫人,她们都喜欢我,我没事就跑去找小姨和舅妈玩。"

大伯家的三姐说:"四妈临走的那天,大人们去上工,奶奶上菜园,叫我在家别乱跑,等她回来。四妈叫我要水喝,我舀水回来,就看见四妈倒在地上。我吓得哭着跑去找奶奶。那天下午,四妈就走了。"

三伯家的大哥说:"记得年底大雪,四妈背上背着你哥,手里抱着你姊,在齐腰深的雪里走。那时候苦,摘萝卜缨煮饭吃。春上,我们打槐树叶去乡里卖,七分钱一斤。路上遇见五婶也去卖树叶,卖了树叶买了个笛子,说送给五叔。五叔会吹笛子,不知跟谁学的,人人都说好听。五叔当年夏天就出事了。一九七六年十月,我们几个男伢子到西大滩花生田给集体放猪,路上遇见大龙正挑一担草灰去点油菜。四妈走了,让我跑去给小姑姥送信……"

我问姨娘:"我们三个伢子,谁像我妈?"姨娘脱口而出:"你哥。"我哥,只惜一九九三年春就走了。哥走后,嫂子回了娘家。亲戚和村里人都赶来帮父亲种田，帮了一春和一年。哥的影像如那四月团团簇簇的青蒿，时而绿得逼眼，时而枯得不忍一见。

后来，我能清楚记得，湿热的傍晚，奶奶爱用凉凉的手巾敷住我的脑壳，对着油黑的香案作揖。我不知道母亲的模样，但熟悉母亲的名字。奶奶一遍又一遍在轻烟缭绕的香炉前念叨。

人是大地上的时间。我模糊的生命初始，母亲的离去，父亲的离去，都在千里之遥那片可怜的土地上滴答滴答，像四月的雨一样，绵延而无尽头，寂寞而井然有序。

回故乡，我无处寻找母亲。我只能去乡野的风里莫名地走走。村庄拆迁，村人进城。乡野上难得遇见邻家的嫂子，她说，一个个越走越远，回家什么也找不见。但我总相信，只要有人记起，他们就永远不曾离去。

麦苗青青，坟茔垒垒。四月的乡野有绿色的风和摇摆不止的白杨。灰斑鸠在辽阔的田野清唱，漫山的草，漫天的雨，看不见边际。我念着母亲与麦子的名字，却没有回音。麦子属于土地，但母亲不知归于何处。

母亲已走远。父亲刚出发。我遥望十里以外的青山，青山起伏，泪水已无。

一只叫麦子的狗

高铁疾驰,我七月返乡。父亲不在,家园全无。村野热气腾腾,土地野蛮生长。

乡村不堪一击,像风寒过境后留下的疮疤,亟待安抚修复,而禽畜遁形,人已逃离。草木扶老携幼,聚拢围观。没有大风响彻的院门,也没有一夜无眠的梧桐雨。

我是那个出逃的人。以读书之名逃离,光明正大,又冷酷自私。父亲是那个出逃的人。以衰老之名逃离,顺其自然,又无能为力。我与父亲一起逃离村庄,留下破损的土墙和瓦砾,荒凉而不可挽回。

父亲走时,把伺候十几年的菜园和一只麦黄色的狗丢在芜杂的春天。姐姐认领了两垄地,改种花生。灰喜鹊,嗒嗒嗒,早晚在那田垄上翻翻拣拣,絮絮叨叨,像是村庄的纪检干部,或是父亲的继承人,查找父亲七十多年攒下的财富到底躲藏在哪儿。一个春天,一个夏天,姐姐的花生小心翼翼地开花,等待结果时,无一幸免都落入鹊鸟喜滋滋的嘴巴。人退草木进,春绿鸟兽来。野兔认领了一片毛豆秧。水蜡烛携手浮萍认领了园子边的池塘。韭菜消瘦,没人添加草木灰,没人收割清香,只能顾影自怜,自己认领自己。

草木认领乡野,城市认领村庄,时间认领父亲。而那条无家可归的黄狗,杳无音信。

城市中意村里的好风水。村的东边是斩龙岗,岗上有红砂岩,岗下是襄河水,曾是刘伯温插刀斩龙的血地。血地,火红。城在岗上修陵园、树烟囱。烟囱高高在上,青烟飘摇,像一架令人眩晕的天梯,也像一条幽深的隧道。炉膛的火光照彻人间,送别的爆竹时断时续。村头,桥头,余音低回。东边日出时有人老,西边日落时有老人。老人,谁家的老人走了,村里称作老人。老人,从名词转身为动词,耗尽一生的光阴。时间领走我的父亲,时间也将领走别人的父亲。村里的老人所剩无几,他们围坐门槛里外,话题也所剩无几。门里门外,中间横着一道槛。村庄没有炊烟,灶膛不见火焰,同龄的村人已经很久不见。老人的事,认领的事,老人们既坦然又难过。

　　火红的七月,漂亮果火红,构树果火红,红蓼也火红。独不见我晒红了脊背的父亲。

　　蜘蛛网,拦在路中央,我就是它追捕的猎物。构树在左,栅刺在右,它们合伙要绑缚我这个四处游荡的家伙。落网是迟早的事,我逃离村庄,逃离父亲,罪有应得。向蜘蛛宣扬仁义道德,是不讲仁义的道德。马走的叫马路,水走的叫水路。草铺垫的叫草路,蜘蛛张罗一天又一夜的,是它的生路。不是每条路都是为人预留的,走的人多了,也不一定就是人的路。父亲西大滩的那条黄泥路,走了一辈子,只半年,就被茅草索要了回去。蜘蛛不是我的冤家,我不恨,冤家宜解不宜结。久入尘网,我早已习以为常。

　　人的努力耕耘,只是在证明自己比草木奋斗得更好。如果五月不去照看自家的稻田,那七月的稻田就不再是自家的了。千金子、牛毛毡、水苋菜、矮慈姑、水竹叶、碎米莎、稗子草,都是如饥似渴的植物。狗尾草爱翘尾巴。不是一般的狗都有如此自信的摇摆,乡村闲游的草狗才可以如此。夹着尾巴做狗,那些献媚的狗东西,贪图一点优渥的嗟来之食,信奉的不外乎那又厚又黑的处世信条。草狗不需要,没必要,乡野那么大,自己可以从容安顿自己。

四月的青蒿大势已去,它苦心经营的浩荡正风平浪静。益母草与红蓼明艳妖娆,它们的青春配得上这热烈奔放的七月。乡村翻修了机耕路,路旁引种来一株株娇媚的紫薇。城里的花事无法取悦乡野,茵陈蒿、葎草、芭茅们的野蛮不可阻挡。这些应该都源自构树的煽动。谁得益谁就是主谋。村庄、沟渠、池塘,处处都是构树的领地。

黑八哥、黑乌鸫是公正的法官,亮亮亮,它们以干净透亮的嗓音确定这个事实。

蝴蝶与蜻蜓只是见证者,它们不妄论是非。稻田是人的或是稗子草的,与它们日益增长的生活需求没多大关系。

一只白鹭,两只白鹭,一对相爱的情侣。在相爱的鸟眼里,蓝的天、绿的田,硕大的露珠,都将成为它们明日华丽的彩礼和嫁妆。

西大滩,阳光烈,姐下田弯腰薅稗子。父亲走了,把西大滩留给了姐。早晨,姐在稻田里。傍晚,姐在稻田里。姐努力用汗水向草木证明那块地如今是她的。中午我去田野上喊姐回家吃饭,姐直起腰,戴草帽,像个黑黑的稻草人。

姐说,早年随父亲下田,薅稗子,捉稻苞虫,扎紧挑回家,喂牛喂鸭子。我说,现在农药用量大,虫子少了,禽畜也不见谁家有。拆平房住楼房,禽畜没法养。

只有村里的土地庙没拆。没人敢拆，没人舍得拆。家财大哥说，我们村有两个庙，别的村只有一个，台坝和王户一个也没有呢。堂哥守着村庄六十年，如今自然晋升为王家的大当家。他有些骄傲，而我很难过。眼前那个构树簇拥的土地庙是因哥生病而修的。哥走了，野树们翁翁郁郁。

大哥，村里的土地庙如今有人认领吗？

大哥，再过十几年，你们老得做不动了，谁来认领这片土地？

留守村庄的已没有几个人。被土地认领的人远比认领土地的人多。西大滩的西边，一列银色高铁隆隆而过。城市正把手脚探向我徘徊已久的草色乡野。追捧速度的时代，造物主气喘吁吁。

一只麦黄色的狗从白杨林那冲我而来。远方的呼啸让它喘息不止。叫，汪汪叫，撕咬我的裤脚汪汪汪叫。它不认识我，我也不认识它，我们置身于同一块土地，但彼此陌生了二十多个年头。

我叫它麦子。七月返乡，一只叫麦子的狗撕咬我。

许多烟囱张口不说话

"你听，烟囱在说话。"

"你听，柴火在说话。"

"你听，水瓶在说话。"

奶奶说得没错，厨房里总有什么东西在说话。

奶奶拎条小方凳，将我安置在明晃晃的灶口旁。"三子，你猜烟囱在说什么?"影影绰绰的清晨，隐隐约约的事物，我已习惯猜想生活。我说，有风从烟囱呼呼逃走，有雨从屋檐滴滴答答跌落。火是烟囱的闲言碎语，时而心急火燎，时而语短情长。幼时，我安静地守在灶旁，听柴火热乎乎的暖心话，听铁锅坚硬的实诚话，听水缸清凌凌的风凉话。墙上的瓶瓶罐罐在说话，剪刀锅铲在说话。灶头上，煤油灯滋滋响,它的话少,却最是柔软亮堂。煤油灯照彻我的童年,领我穿越一条熏黑的隧道。奶奶一边烧煮,一边陪我说长长短短的话。听得久了,我耳边总有谁在张口说话。我相信,这都是奶奶的法力,她长有一张乡村巫婆的嘴巴,能唤醒乡野万物的灵性。

我不必张嘴,我的话都被奶奶说过,我的心思奶奶一清二楚。我只需乖乖坐着,一会儿看火,一会儿看奶奶,我们周身红火暖和。

暖和,是一碗好吃的饭菜,一盏好喝的汤水。秋收秋种,父亲领哥姐赶早下田。早上晚上,奶奶总在忙着热气腾腾的家务活。我的使命是乖乖坐着,看锅碗干干净净,看豆秸秆围着锅底红火地跳舞。芭茅在赤红的灶膛里擦出火花,引发草木的哄堂大笑。牛粪饼熬煮的稀饭,黏稠有味道,吃一嘴,身子骨顿生牯牛那么一股按捺不住的热乎劲。奶奶弯腰摸摸我的头,说我是乖伢子,然后去灶膛的灰烬里来回地掏。一两个滚烫的红薯,或是几颗黑乎乎的花生果,安抚了我焦煳色的嘴唇。饥渴的人爱舔嘴唇,我不渴,只是想念。

滑亮的水声在缸里聒噪,乳白的米粒在锅里沐洗。纵使清水白米,我也绝不辜负奶奶隆重而虔诚的烧煮。家里本有许多黑釉大缸,是奶奶早年做粉丝存留的旧物。后因分家或送人少了许多，好缸好水，都是滑泽清透的好风水。

呼，呼，烟囱气喘吁吁，向昏暗的天空高调请示，热身完毕，火红的一天就此开始。

曙色趴在低矮的木窗张望。它的脸色红润，像偷吃了奶奶碗橱里黄亮的浆蜜。奶奶假装看不见，依然在灶台加水，在灶底添火。我忽地立起来，拉拉奶奶的衣角，指向窗口，欢喜地叫。那一声，我等候已久，像是竹节在火中炸裂，清脆透亮。天亮了。

天光钻进昏暗的厨房，粳米散发淡淡的粥香。我亮着眼，捧起奶奶煮的红薯粥，就着酥脆的新花生，开启精神抖擞的一天。

新一天，旧一天，奶奶起早摸黑，把平静的日子烧煮得叮当作响。天光、火焰、炊烟，奶奶是家里的大祭司，为儿孙张罗一场又一场隆重的生命点火仪式。

奶奶招呼我出门去看看，叔伯家的烟囱张口说些什么。烟囱是人家对外敞开的嘴巴。家主把门窗一关，不代表自己就与世隔绝。烟囱当风而立，摆出一副外交部发言人的高姿态。欢喜或惨淡，你去看炊烟，那是灶台上煮妇们七上八下的表情。浓墨重彩或轻描淡写，每一缕炊烟都透露着那家人隐约的秘密。母亲走后，奶奶接管我们一家四口的饮食起居。而叔伯那儿,她也一直不曾放下。我欢腾着跑去,又跳跃着折回。察看结果是,三伯家的炊烟黑又粗,二伯家的烟囱冒火星,大伯家的烟囱张口不说话。烟,是烟囱上开出的花,有时白,有时黑。白的时候,恰是槐花飘香的四五月。黑的时候,记不得是哪年哪月。记不清,不愿记,家家难免有点摔盆碎碗的破烂事。

日子苦了,女人们就设法做点好吃的,男人们聚拢,一起吃烟喝酒。奶奶不阻止孩子们吃烟喝酒,总提醒父亲在香案上准备点烟酒,待客。其实也不是客,都是王家自己人。叔伯堂哥下田归来,没等脱下一身泥水,习以为常地围拢在我家屋头的阴凉里,倚铁锹站着,或放松蹲着,你一支,我一支,吃烟,吃烟。奶奶住我家,我家就是家族的原点。女人们生火做饭,男人们吃烟闲谈,而屋顶上的烟囱有些手忙脚乱。

如果酸甜的生活还有什么值得怀念,那一定是奶奶拨红的那一膛火,照耀我,温暖我。

填饱肚子,没有理由地要帮奶奶去西大滩送饭。奶奶挎一大竹篮,盛放草木灰和鸭笼粪。我挎一小竹篮,齐整地摆着菜和饭。饭是白白净净的猪油饭,用的是自家年猪的板油和自家稻田的粳米。菜是红油咸鸭蛋、鲜脆酱豇豆。一饭一羹,来之不易。点豆种菜,晒酱腌瓜,捉猪仔,赶麻鸭,从开春到腊月,奶奶一项不曾落下。父亲说,我家奶奶功劳大。奶奶说,我家父亲担子重。我说,早晨送饭,我也做贡献。我挎上沉甸甸的饭篮,走前头。奶奶腿脚吃力,跟后面。出门前,奶奶揭开盖碗,样样让我尝个鲜。这样,我专心走路,不至于心术不正,贪恋奶奶的猪油饭、咸鸭蛋,甚至盘算过节时的春卷、粉蒸肉。

露水重,秋风凉。西大滩,父亲将低垂的稻穗一把一把揽入怀间。父亲动作娴熟,像俯身抱起年幼的我们,左手是我,右手是姐,背上是瘦长的哥。稻穗,连同灰白的稻草,都是父亲眼巴巴盼大的孩子。哥在金色的稻浪间起起伏伏,像随波逐浪的灰鹭。姐向我招手,她捧出一个精致的秧鸡窝。秧鸡在稻田谈情说爱,生儿育女。田里落了许多鸟,麻雀、白鹭、斑鸠。它们是简静的稻田隐士,对土地和耕耘保持像农人一样的真诚。

鸟是村庄的翅膀,载着乡村伢子天一样高远的梦想。乡野高高在上的还有羞红的太阳,像个轻飘飘的红气球。气球总是挂在村口的白杨梢头,哗哗啦啦地说些什么。

"大(da),吃饭了。哥,姊,今天有咸鸭蛋。"奶奶夸我的叫声又嫩又甜,比饭菜诱人。父亲走过来,摸摸我的头,说三子乖。哥姐爬上田埂,接过白净的热饭,笑嘻嘻。哥姐吃饭时的表情比稻田灿烂。

我跳进稻田,看稻叶披着亮莹莹的露珠,抚摸稻穗谦逊低下的头。麻雀落在稻尖,斑鸠咕咕捡拾谷粒,它们摇摇晃晃,满足于眼下富足的收成。别说西大滩的收成没有鸟雀的份,它们捉虫,它们啼叫,它们随父亲一道,翻越四月的田垄,享用十月的稻香。

"三子,你也有份。"父亲给我匀出几筷饭,哥姐给我夹了酱菜和鸭蛋。

随奶奶一道下田的还有十几只绿头鸭。它们曾是茸茸的小黄毛,从碧绿的五月来。如今秋色黄透,鸭们晃着绿色的脑袋,证明自己多么喜爱这明亮的季节。入秋后,奶奶很少喂养它们,它们在稻茬地有吃有喝很悠闲。奶奶说,养鸭子比养我好,鸭蛋可以吃,鸭毛可以做羽绒衣。我傻傻地在一边待着,挠头,笑眯眯,不知说什么好。

我们在田这头,鸭们在地那边。秋收,人拿大头,鸭拿小头,大家都是土地上耕耘劳作的人。

奶奶挎上竹篮去池塘边的菜园,拔萝卜,摘扁豆,给韭菜撒草木灰、鸭笼粪。奶奶种菜不用化肥,花钱去买肥料,她心疼。奶奶患有心疼病,姐说,原因多得超过她八十多岁的年纪。垄上的红薯骄傲得有些膨胀,急不可耐地要向世人露露脸。奶奶懂得它们的心思，捋捋长藤，轻轻一提，赤条条，红扑扑，一串五六个，欢天喜地。奶奶每天拔两棵，每天熬红薯粥。一个月，两个月，一直烧煮到年后二三月。

一根烟囱牵着一户人家，一缕炊烟挂着一眼香甜。外人看不见灶上灶下黑黑的奶奶，但看得见红瓦屋顶上黑黑的烟囱。烟火四季，奶奶的使命就是照顾我们的嘴，挽留我们的腿。

多年以后，我从疾驰的城市，穿长江，过襄河，回到奶奶烧煮一生的村庄。奶奶的厨房终究没能留住我们。最先，是哥，像柴火一样被点燃，沿着烟囱逃走。然后是奶奶，是父亲，像火一样灼烧，化为云间的烟，落为尘世的灰。

旧时的烟囱张口向天，像奶奶漏风的嘴，空空荡荡。奶奶不在，所有的话语无从说起。炊烟已然逃离，把自己抹黑成夜的样子，从沉沉的烟囱出发，去往辽阔的田野。

炊烟是走远的亲人。有些散在四十年前土黄的村庄，有些散在十里之外青黑的山冈。家里的烟囱不说话，村庄的表情捉摸不定。我立于芒草西风，再也不是那个咧嘴呵呵笑的村伢子。

许多亲人逃离，许多炊烟散尽，许多烟囱张口说不出话。

土地上的事情

父亲如愿以偿，终于悄悄地把自己藏匿起来。

这是他筹划已久的阳谋，安身立命，把身体归还土地，让生命有所安顿。

每每返乡，沿着二十四节气的时序走向田野，我总能清晰地看见土地上那些隐秘的生长和若即若离的身影。

乡村城镇化，势如夏日风暴，呼呼无以挽留，隆隆不可阻挡。田成方，林成行，路相通，渠相连。年轻的人为逃离欢呼，年长的人为坍塌悲戚。父亲在稻田洗腿上岸，包裹一点零碎的家当，随姐姐住进街道层层叠叠的楼房。街上干净，一干二净，没有圈舍，没有井栏，没有庭院，没有摇响的白杨和欢跃的鸟雀。西大滩的稻田远在夕阳以外，鱼欢荷香的藕塘划入承包大户的私人腰包。塘埂上，奶奶翻种几十年的菜地不曾幸免，被掩埋、碾压，成为车来人往的水泥路基。

父亲不愿去探望突然而至的新邻居。一辈子的交情，需要时间交融，而不是防盗门窗的层层把守。父亲不愿去集镇鱼龙混杂的人群里走走，陌生、嘈杂，他不知走向谁。无所事事的父亲，低头走路，像个失了自我的孩子。两手空空的父亲，像是就地解散的士兵，泄了战斗的勇气。

拆迁的村庄，像块伤疤，滋长草木的荒芜。父亲的身体，弱不禁风，遭受暴雨的野蛮袭击。

无眠的月光洗白了头。父亲决定重整旗鼓。锄、镰、锹、铲都在，只是锈了而已。星、月、太阳都在，未见任何愧色。父亲挺直腰身，走向村野那些废弃的土地。贫瘠、蛮荒，不需理喻，赤膊上阵就是真理。一锹，一镰，每一滴落地的汗水都有收获。一垄，一块，每一片裸露的泥土都有安顿。

爱土地的人，土地绝不亏待他。一个早晚，一个春秋，鲜嫩的蔬菜长成什么样，风雨看得见，路人看得见。路过菜园的人不多，但个个都是父亲在乎的。村里，和父亲一样留守土地的只剩十来个。

朝阳未起,父亲已下了菜园。空心菜在硕大的露珠里洗漱,清新秀气。洋柿子挤挤挨挨,袒露胸怀,红润喜气。扁豆摸着竹架的腰,向蓝色的高空攀爬。它那紫红的花串上密密地写着泥土献给天空的情话。芝麻正开花,洁白的花一朵比一朵高。父亲说,你在阳台上种这种那,哪一样有这芝麻花好看?

我跨过菜墒,慢慢走,秋葵在开花,渠水正流淌,偶尔有一条迟缓的水蛇横在路上不知所措。菜园是虫子的伊甸园,它们不比才艺,比谁的爱情脆嫩香甜。青虫是菜园的质检员,菜好,要它点头说了算。没有虫子的菜园不是好菜园。父亲种菜不洒农药,虫多了就捉,草多了就拔。多,多不过父亲闲置的时间。若是没有虫与草,父亲的成就感会垂直下降的。虫子不说话,它们边吃边点头。只问菜蔬之美,莫论人间是非。草木不说话,它们执着于野蛮生长。每一份阳光的照耀,都是生命的犒劳。父亲也不说话,漂亮话没人听,村里总共十来个人。园子里话多的是斑鸠和喜鹊,咕咕咕、喳喳喳,亦说,亦唱,荒腔,走板。

当劳作不再为了养家糊口,田野显得多么亲切活泼。父亲的欢喜,如这鲜嫩的园子。父亲不想伤害谁,虫子、鸟雀、草木,或者自己。

夕阳下山，父亲倚着铁锹远望。稻田、水坝、青山、霞光。村庄逃离。田地裸露。时间堆成远山。与自己和解的人像白鹭一样落入远山。霞光里，我看见父亲拉长的身影，如野外倾斜的杨树，坚强又脆弱。远望当归，父亲需要歇一歇。劬劳一生，是歇息的时候了。至于父亲在想什么，无人知道。他不爱说话。

土地，是乡村的生命根基。土色，是村人的生命底色。在菜园里安排生活，在大地上勾勒人生，父亲的每一天都饱含土地的盎然与辽阔。远离人群的父亲，俯身低语，把自己献给缓慢的时间。菜园、村庄、土地，静如亲人。穷尽一生，父亲在一块希望的土地里安顿。

土地，生长。人生没有什么着急的事，生长不必急不可耐。

不论哪个节气返乡，早出晚归，我总看见村里的老人在草木间拾掇菜园。院门口，水塘头，堤坝上，荒滩里，没有一块齐整的土地，但确实是绿茵茵的一片。村里闲置的土地越来越多，但没有谁去占别人家一分一厘。虽然，有些土地荒得惨淡，但那是人家的财产。老人们爱垦荒，像他们分产到户时那样。这是喝稀饭、吃咸菜修炼出来的美德。不怕草荒地瘦，有人就有办法。办法简单，那就是用时间去熬。

草木,是熬不过人的,特别是闲得发慌的老人。一双岁月濯洗的手,足以掐灭任何一次蠢蠢欲动的苗头。一把时间打磨的镰,足以割断季节里生生不息的蔓延。地瘦,无须担心,土地上的人,专做土地上的事,沤肥、堆肥、灰肥、粪肥,绿色环保,老人们很专业。土地负责生长,城市专管交易。老一辈农民恪守生态伦理,维护乡村道德。

老人们整菜园,不贪多,有三两墒足够。齐整,菜垄齐整,菜品齐整。菜地齐整,收获的成果就有尊严。村里荒滩多,没见谁家老人像积攒家业似的,开辟出七八块菜地。老人们种菜不只为了吃,也为了消磨时间,同城里人种花养草一样。

时间多,时间少,人到暮年依然不懂时间。老人们时日不多,如何挽留,是个问题。土地种粮,一年只有春秋两季。园子种菜,一年有二十四个节气。于是,老人们数着二十四节气,翻土,点种,扦插,栽培,采摘,把时间放缓,把生命拉长,从容地多做几件能看见结果的新鲜事。人生一回,而菜园里,可见尽可能多的轮回,绿色的,饱满的,鲜艳的。枯黄的年纪,没有什么去处比绿茵茵的菜园好。

老人不会轻易放弃土地。土地上的伟业莫过于生长。老人爱菜园,绿色的,热气腾腾的。菜园是老人的精神滋补品。

父亲老了,无以创造,无以获取劳作的价值。菜园是父亲的福地,菜蔬是他的清供。清淡、清平、清雅、不苦、不乏味,像禅修一样,如是圆满。荣枯一世,大限将至,父亲依然执着地把生的渴望种进泥土,印证生命之门永远向绿色敞开。

多年前,奶奶在塘上园子里种菜,大白菜、小白菜、奶白菜、包心菜、木耳菜、空心菜、青菜、芥菜、芹菜、香菜、韭菜、苋菜、生菜、甜菜、菠菜;种豆子,长豇豆、菜豆、蚕豆、毛豆、豌豆、扁豆、芸豆、刀豆、绿豆、红豆;种瓜,冬瓜、黄瓜、南瓜、西瓜、香瓜、菜瓜、白瓜、丝瓜、苦瓜;种萝卜,红萝卜、白萝卜、紫萝卜、黄萝卜;种茄子,青茄子、紫茄子、白茄子……种辣椒、秋葵、瓠子、大蒜、香葱、洋葱、洋柿子、山芋、花生、玉米、芝麻。奶奶八十五岁,何止为儿孙带来八十五种新艳鲜美的生活滋味。

父亲七十三岁时,依然忍着疼痛在园子里种菜,大白菜、小白菜、奶白菜、包心菜、木耳菜、空心菜、青菜、芥菜、芹菜、香菜……

奶奶没能把菜园作为财富留给父亲。父亲也没能把菜园留给我。我在城里,不识二十四节气,不识草木时序之名,不识何为大白菜、小白菜、奶白菜、包心菜、木耳菜、空心菜……

我回去找寻父亲的菜园。绿色的草,绿色的菜,绿色的旧时光。我只看见绿色,在园子里纠缠,在身体里野蛮……

父亲穿过田野,望向远方,亦如我翻山越岭,远眺故乡。父亲在土地上书写。我和山芋、菜瓜、茄子一样,是父亲常用的词语。如果我也能用这些词语诉说对土地的挚爱,那是父亲为我攒下的种子。

父亲终究熬不过草木,倒在花草萋萋的土地上。土地上的事情,仅是向土地争取生命的安顿而已。

山河缓慢

姐来电说,寒潮南下,家里将有雪,暴雪。暴雪、寒潮、严寒对于像雀巢一样裸露在乡野的村庄是一次蚀骨裂心的灾难。

我把这个白色的事实比画给朵儿听。她不知天寒地冻的苦,竟翻出羽绒衣,套上雨鞋,踩着踏板车,在客厅玩起滑雪的游戏。孩子对雪的向往,纷纷扬扬,铺天盖地。雪,一朵雪,漫天雪,雪是雪国寄给孩子的礼物。江南温润,偶尔撒一层雪,大多轻描淡写,逢场作戏。江北苦寒,雪漫山遍野,也算是苍天对孩子的别样抚慰。我那一江之外的故园乡野,苍黄,干瘪,雪是枯冷时节饱满的恩典。朵儿尚小,不懂人世悲欣交集,幸遇一场天地狂欢,她的喜悦自然那么铺张。

姐的意思是,我可以不回家。我说,父亲刚走一年,必须回去,赶在暴雪之前,赶在祭祀之前。一年之内,父亲走了,伯伯走了,姑父也走了,我的父辈已所剩无几。

朵儿渴望知道雪花到底是怎样的花。她要滚个像花一样的雪人,吹一口气就能唱歌的雪人。姐担心我们的安全,冰冻地滑,归途艰险。而我,需要回到亲人的身边,坐下来,听他们梳理父辈们像雪一样飘散的往事。当我们谈论父辈时,他们已模糊不清。

北上,我把油门踩得像风一样呜呜响。路途,车轮疾驰。天际,云烟慌张。刮擦,堵塞,没有谁的前路都平坦,没有谁的归途都顺风。逆风,迎雪。朵儿只三岁,匆儿已成年。我不能将妻儿丢给那披头散发的暴雪。

姐说,慢慢来,父亲不在,家里已没有什么要紧的事。是啊,父亲不在,母亲不在,家对于我已无关紧要。当我们再次说起家的时候,父亲走了一年,母亲已离开一世。家,空空荡荡,与土地一起陷入缓慢的山河。从田野到车站,从村庄到城市,曾经的我们,习惯了埋头与时间赛跑,与自我较量。冲刺,超越,起早贪黑,攒着一口气,证明自己的人生值得。没有谁愿意慢下来,关切人世以外,草木、山河、星辰,它们如何走过光阴流年。

山河缓慢,草木从容。大自然无须追求与证明,天地没有要紧的事。

暴雪尚未到来,祭祀的爆竹沉沉地响起。咻,砰,这是浴火者的嘶喊,沙哑,悲切,痛彻心扉。塑料花、黄表纸,青烟缕缕。纸火如风,在冰冷的土地上摇摆。白杨、冬麦、灰暗的稻茬地,清晰或模糊,即将没入一场汹涌而来的暴雪。

朵儿受着爆炸的惊吓。她瞪着眼睛,看见血色的裂痕和风中碎落的烟尘。姐抱朵儿去林子里远远地躲开。我们回家看爷爷,爷爷藏在林子里。但歪斜的白杨林踉踉跄跄,爷爷随时间一道走远,远在一年以外。

冰雪清寒,一场雪即将覆盖一个世界。积雪消融,万物萌生,一场雪又将创造一个新世界。姐曾说,雪是家乡的特产。我想家了,就想起家里的雪,时而细软,时而彻骨,时而映着火红的冬阳。雪的滋味,我得亲手捧给孩子。

青色的天,有风聒噪,有雪将临。枯瘦的家园,至少还有雪安抚我的朵儿。

姐守着年关,洗刷,烧煮,热气腾腾。我们逆着襄河,行车去往十里之外的青山。山上的雪来得早,而且壮丽。村庄的四周是流水与青山,像梦一样把我围困了三十年。离乡，离乡，如风奔走他乡，似雪飘浮游荡。归乡，我领着妻儿去看梦中的旧山河。

山河不旧，只是人已退场。山河不远，过桥，进山，山不紧不慢。三十年前，哥一遍一遍说与我听的青山近在眼前。山路漾起波浪，流水收紧腰身。上要慢，下要慢，慢是进山的正确方式。山，群山，不险峻，不高耸，像极了父辈那代慢悠悠的人。盘上去，绕下来，看不见前路，也不知高处。群山如浪，我们只是浪里一条微小的鱼。山头旋转着银白的风力发电机，朵儿说那是山的翅膀。是的，我们喘息着攀上近旁，眩晕得像雪花一样在风中凌乱。

山脚偶有人家，仿佛隔着尘世。路途遇见马厂水库、黄栗树水库，水面像镜子一样明亮安静。水库，是河流安在山里的家。山拥着水，水依着山。山在水边歇脚，河回到源头。

进山，我寻找襄河的源头，给孩子一个生命流淌的说法。匆儿正如我当年一样，离乡，离乡，为生活，为事业，即将远走他乡。登山，我试图攀上高峰，回望正在逃离的村庄。时代大潮浩浩汤汤，家园沦陷，我奔走四方，一切似乎不可挽回。停下的是青山，远去的是故乡。我放任车子在山里起起伏伏，十里，五十里，我们盘绕了近两百里。两百里,哥在的时候双手比画说,这是村庄到山外另一个世界的距离。三十年前,哥疲惫不堪地说,山河缓慢,别和青山较劲。是的,生命脆弱,我们不与坚硬的山河较劲。漫无目的,我们进山,只想看雪,漫山的雪。

我习惯在疾驰的人间高速行驶。草木一季,人生百年,我们在山河慈祥的怀里左冲右突,何其无助,何其惊慌失措。

哥说过,山里有座神山寺,寺前有个仙人洞。寺是唐朝的寺,洞是茅山道士的洞。赵匡胤安营扎寨于此,韦应物寻白石道人于此。山,是神与仙的家。而人,只在局促的人世蜗居落户。哥闹病那年,进山寺烧香,没有回音。而今我轻敲山门,杳无人影。出家人,也有家,他们在我上山之前悄悄回了家。山里神仙不下山,山外人间又一年。出家人,终究不是神仙。

没关系,山对人心永远是敞开的。我们紧靠着寺的围墙,在人世与神山的边界攀爬。山石凌乱,山势威严。山挤压、褶皱、破碎,看似不堪一击,又高高在上,不可挑战。匆儿已成年,他走南闯北,无所畏惧。朵儿尚幼弱,满眼总是好奇。她的绘本虚拟人世的奇幻、温暖、孤独、冒险、智慧、勇敢,她痴迷这天地捉摸不透的诱惑。

叶落山空。山泉流过朵儿的手,清凉,轻柔,溅起甜丝丝的笑。山林拦住匆儿的路,牵拉,挽留,相亲相爱,不舍别离。匆儿问我关于不同的树名的问题,没有叶子,我说不出。草木是我失散的亲人,眼前那么多亲人被遗忘,我叫不上他们的名字。朵儿在林间欢叫,像只娇小而活跃的山雀。落叶满山,灰黄,清脆,蓬松。朵儿抛撒,轻踏,扑倒,像在冰冷的雪上玩耍,像在柔软的草地嬉戏。我不懂她的欢喜,就像空山不懂林泉的彻夜不眠。树木是山的肌肤,落叶是爱的抚慰。山河的神秘,在孩子眼中最为清晰。

我们在枯木旁停顿,在乱石间翻越。荒山没有路,向上前往顶峰,向下滑入溪涧。每一条溪涧都流向低处,前往人的村庄、集镇和城市。

今朝郡斋冷,忽念山中客。

涧底束荆薪,归来煮白石。

欲持一瓢酒,远慰风雨夕。

落叶满空山,何处寻行迹?

空山无迹,万象孤寂。孤独的心如空山寂寞,他的血脉里住着逆流而上的河。人有人的时间,山有山的岁月。人时简短,只在一呼一吸间。山时辽阔,春鸟啼响,秋月相伴,四时有风雨霜雪渲染铺垫。

山林静默无语,它无须多言。陈述,只是人世一年又一年的重复。看不懂山林,我只倾听自己,像一只自言自语的猫头鹰,像一株孤芳自赏的红梅。

邻山曾有几十株红梅,老干斜枝,掩映在杂树丛间。十年前我领着匆儿来,春山如黛花如烟。而今我领着朵儿来,梅林已升级为梅园,宫粉、朱砂、绿萼,含苞半掩,簇拥着占了半个山坡。园里多是娇嫩的新梅,不见疏影横斜的老枝暗影。我本想领着朵儿回来认亲,但见面已是故人。梅花五瓣,寓意五福。但愿看花人皆能得此吉祥,在严寒的尘世,温暖,祥和。

妻组织两个孩子在梅树间穿梭,拍照留影。左弯,右转,往坡下冲。红的,粉的,白的。梅花、雪花,朵儿脸上还有一滴红扑扑的水花。我远远地招呼,不急,慢慢来。雪不着急,花不着急,看雪看花比拍照有意义。

姐焦急地来电催促,快回家吧,雪越下越大。

是的,再次说起雪,青山已白,尘世茫茫。

栏目三　世界病了，我的朵儿是好的

世界病了，我的朵儿是好的

朵儿，过年了。这是你的第一个新年。

我们回故乡看爷爷。爷爷生病了，年夜饭依然吃得热气腾腾。你收了许多压岁钱，也因过敏长了一脸的红痘痘。你咯咯地笑，我心酸了多少回。然后我们穿风过雨，千里迢迢地躲回城里像阁笼一样的家。日子一天又一天，寂寞一层又一层。

朵儿，我们就在临河的窗口倚着。我指给你看河里依偎的野鸭，树上黄嘴黑袍的乌鸫，还有纠缠不清的漫天风雨。老天的大门是敞开的，太阳不出来，风雨就接管。我多么希望，有个窗口，霞光走过来，照亮你的眼睛，像樱桃花一样粉嫩明亮。朵儿，你的眼里只有简单再简单的纯粹，你还

211

不知道荆楚江汉关山落泪的苦涩滋味。

栾树是黑的。楝树是黑的。枫杨也是黑的。这个冬天没落雪，湿冷的世界都是黑的。风在雨中轻摇，黄叶不知去向。朵儿，我们的春天遥遥无期。

一只虎斑猫穿过雨的间隙，忙碌在河的堤岸上。它要抓鱼，它要过生活。这是一只自恋的单身猫，捉鱼时不忘裹一条洁白的围脖儿，全毛的。喵，喵，我尝试用猫语同它捕捉点风言风语，而它一收腰，甩头钻进灌木丛间，是我扰了它捕鱼的兴致。

一对栖枝的灰斑鸠，缓缓地落到路面。它们肥，它们亲，摇摇晃晃，它们在乌黑的柏油路上体验城里人所谓的富足闲散。

鸟雀有翅膀，它们无须强化什么危机意识。威严的喜鹊在楼宇间巡逻宣讲，画眉、伯劳、鹩哥、白头翁，依然我行我素，三五成群上蹿下跳。它们游逛、串门、不戴口罩，还叽叽啾啾喳喳，看上去一点也不担心飞沫传播带来的巨大危机。麻雀与山雀，伯劳与黄春，亲密无间，何止一米，它们聚在我家窗外枫杨上开新年阳光舞会。原谅它们，鸟雀都是些天真的孩子，太阳出来，欢呼雀跃是它们的天性。

朵儿，你看楼层的四角上有鸽群在盘旋。太阳出来，亮莹莹的天，碧蓝，耀眼。清凌凌的水，如镜，闪烁，折射太阳的光芒，也映着鸽群呼呼作响的弧线。它们是一家人，你看，领头的是爸爸妈妈，尾随的是兄弟姐妹。它们四处兜风，不怕感冒发烧，也不在乎群聚的风险。

呀。哎呀。尖利的喊叫，和电击一样，刺破易碎的水面，击穿即将凝止的宅居时光。朵儿八个月大，你的喊叫和黄鹂一样脆响，和画眉一样嘹亮。孩子是只欢快的金丝雀，一定懂飞鸟的语言。

而枝头的舞会散了，那两只相亲相爱的野鸭也翻身入水，藏匿了湿漉漉的甜蜜。对面三楼与十楼的窗户推开了，里面的人沙哑地咳嗽几声，又缩头回去。人总是小心翼翼地活着，苟且而无趣。

呀。哎呀。嘘，朵儿别叫，你把它们吓坏了。它们没有家，飞来飞去，四处找朋友，天涯去安家。朵儿，你看河边有人在钓鱼，路上有人在遛狗，不急，沉住气，等春暖解禁，就领你去鸳湖边，赏红梅，看鹭鸟，还有鱼乐国悠游的鱼儿。

今天大年初五，迎财神。朵儿不要财，我们只要太阳，要窗外过路的野鸭、野猫、黄狗，还有数不清的栖枝的乌鹊、白鹭、黄莺、翠鸟。

妈妈说，我同你说那些野鸭啊野猫的有啥用，不能吃不能喝的。开窗晒太阳也没用，不能把病毒全杀死。朵儿，连日阴雨，厨房囤积的一点粮草快没了，而阳台上，湿淋淋的衣服一件挤着一件，妈妈柔软脆弱的心理防线即将垮塌。

没有美食，人的嘴巴会乏味。没有美景，人的孤寂会发疯。

谁说晒太阳没用，可以暖衣服，也可以暖心肠。

城市病了，乡村是好的。世界病了，我的朵儿是好的。

朵儿，这是你的第一个新年。没人给你买桃红的袍衣，没人抱你去月河踏桥赏花灯，也没人告诉你关于年或喜或悲的新旧故事。守一扇冷冷的窗度年，等阴霾过去，我补你一个红艳艳的春天。

二月兰

立春,雨水,惊蛰。吹风,落雨,响雷。

公园里没有围观的孩子,郊野外没有飞翔的风筝。春天被孩子遗忘,这是一件湿淋淋的伤心事。

我的朵儿不忧伤,这是她的第一个春天。一见到南风拂过柳枝,我就贴着她的耳朵欢喜地鼓吹,春天是用来开花的,春天是用来出门拍照的。而我一直犯着低级的错误,九个月大的朵儿没尝过淋湿的滋味。

窗外高大的枫杨黑而冷,从年底到今春,一脸等待被治愈的阴郁。屋内妻围着寡淡的厨房转圈,揉捏的包子蒸成死面疙瘩,囤积的菜心开出鹅黄的花。我摇着菜花说,朵儿,春天在这里呢。妻总是不悦,春天不能吃,看你想得美。

我如何向朵儿介绍春天呢？一朵花，一阵风，一树梨花烟雨醉。朵儿没见过麦苗和菜花，她不明白一朵枯黄的油菜花与被耽误的春天有什么微妙关系。

朵儿什么也不懂，但我不能欺骗她。于是我鼓足勇气，潜入鸳湖那片春的领地。白花花的阳光，领着一群红的粉的花，攀爬在光秃秃的树梢，摇着跳着，新鲜而明亮。蓝汪汪的湖水，扭动丝绸一样的腰身，梦想飞上三月的天，不幸被几只戏水的野鸭扰乱了情韵。我猫着腰，偷偷掐了一朵二月兰，紫红的，娇嫩的。然后认真地拍照，各个角度，各个距离。掐花有损公德，拍照没人搭理。三月的鸳湖只偶尔有几个像我一样把生活过得小心翼翼的人。

我把二月兰递到朵儿柔软的手心。她捏着水嫩的茎叶，轻轻地摇，在自己的面前，在我的脸庞。然后，她把紫的花绿的叶都塞进嘴巴，像吃奶嘴一样自然而然。抓什么吃什么，口舌之欲，自然之心，这是婴儿的本性。

朵儿要吃二月兰，她的世界，春天是用来吃的。

不能吃，不能吃，啊，啊，我从她两颗糯软的乳牙间截回沾着口水的二月兰。我把贪吃的朵儿横在膝盖上，逗她笑她。她也朝我咯咯笑。她的笑脸，让我忆起春雨洒过麦田，暖风拂过菜花地。我在她的眼睛里看见叶尖的一滴露珠滚动,如画眉的欢唱一样光滑。

没有什么花能够阻挡你这春天的一朵给予我的安慰。春天可以吃,春天可以做梦,春天让我相信四月五月。

朵儿的一天,有十四五个小时在睡梦中闲游。她的梦里一定有许多缤纷绚烂的美丽,诱惑她,挽留她。偶尔,朵儿也会在梦里哭泣,她的眼泪比二月抒情的墨水多得多。她的梦里无人相随,我走不进她的梦,成人的梦与孩子不一样。

今冬,今春,今年的新年,我们亏欠朵儿。朵儿打疫苗,起疹子,长痘痘。朵儿吃奶,走路,长牙。朵儿偷吃一本发霉的书,偷听爸妈夜半的话。朵儿傻傻地看头顶上奇形怪状的吊灯,来来回回翻滚那些圆咕隆咚的球,乒乓球、网球、排球、足球、篮球、瑜伽球,还有倾斜了二十三点五度的教学地球。我教她辨别喳喳、啾啾、亮亮、咕咕叫的鸟,教她和白鹭一样自在地遨游。我放她坐上开往春天的专车,我做司机兼导游。厨房是禾城热气蒸腾的南门头。阳台是黄山云蒸霞蔚的天都峰。书房是终南禅修的山间庙宇。哗啦啦的卫生间,是仙居流淌的溪涧飞瀑。灯火微醺的卧室,是王的女人们休憩梦游的行宫。客厅,很久没有客人,改造成热血沸腾的运动场。我们不出国门,山河无恙,家园可依。

靠在夜的窗口，我给朵儿介绍月亮。今晚的月亮瘦了，是齐崮的妈妈包饺子时馅儿少了。今晚的月亮圆了，是爱甜的妈妈刚才煮的汤圆，芝麻的，鼓鼓的。这是十五的月亮。这是十六的月亮。月亮把夜晚照得白花花，像是下了霜，像是下了雪。霜是什么，雪是什么，朵儿想不出，她至今没咳嗽没发烧，没领教过这寒冷的人间。

说着月亮像妈妈，然后朵儿就闭上眼，去梦里寻找洁白的春天。

她的梦里哪有春天？春天不是我说的那朵二月兰。

从雨水到惊蛰，孩子的爸妈们自发地把春天紧锁在门外边。那些蠢蠢欲动的柔软生命，那些穿过无数风啊雨啊的黑色枝丫，自顾自地上演一场场迎春时装秀。

我要跳到地面，捉只黑黑的蚂蚁，放到朵儿的手心，说这是酥痒的春天。

我要敞开所有的门窗，欢迎爱吹口哨的乌鸫来家里做客，欢迎爱翘尾巴的白腰四喜来做朵儿的舞伴。轻佻的四喜鸟歌好听，舞欢快，但愿她是个永远长不大的孩子。

窗外的白鹭本可以把自己打扮成一朵圣洁的玉兰，只惜她不习惯在我楼下的玉兰树上诗意栖居。黑脸的花喜鹊，是个热情的媒婆，东家西家叫喳喳，除了几只春天的野猫,也没见成全多少花花绿绿的婚姻大事。白头翁、黑卷尾、珠颈斑鸠,早出晚归,为生存而忙碌。落在城的地界,对一只鸟来说,一定挺辛苦。只有小麻雀,像孩子一样欢天喜地过日子。秋天,他抱着黄叶,滑下来,又飞上去。春天,他摇着柳条,喊醒地面上那些娇羞的婆婆纳、野豌豆、车轴草。

城市没给花儿预留多少土地,我的朵儿在楼宇的窗口看不见绽放的春天。

今春没有花,我只能赞美鸟。它们给朵儿以欢腾的想象,但我何曾说过感谢,或是别离时挥手说再见,给予久久的凝望。

你教朵儿听鸟语学鸟飞,干吗不教她学知识说人话。有能耐你们搬到山里去,那里清净没风险。闲着没事,我与妻也会争辩一些病毒与卷心菜、消毒液与哺乳动物的人生话题。朵儿伏在肩上,有时瞪着眼听,有时迷离地打盹。

今天朵儿九个月人了。我们拿着那朵二月兰去楼下的楝树丛拍照,留念这个看不见花的春天。

谁在嗯哼喔呃呀

嗯,哼,喔,呃,呀。

朵儿,你在说什么呢,咿咿呀呀,哼哼唧唧。你不是夜半的秋虫,也不是睡眼蒙眬的狗崽,你念叨的是通关的暗语吧。

你是在呼唤,在感叹,用原始的语言,表达直接的情感。

我想,所有动物的幼崽应该都一样,语言是大家的天赋。你若不以为然,去问不眠不休的姆妈,婴儿自带一套天使语系,至简,至情。啊,啊,哇啊……朵儿,你用纯正的原生唱法来一段,撕裂、破碎、崩塌、爆炸,天籁不过如此。

饿啊饿啊饿啊。苦啊苦啊苦啊。啊——从月亮船上失足掉水里的刺激。啊,呃,嗯,生命原始的唱响不过吃喝拉撒而已。你的饥饿比短跑快。饿得快,饱得也快,像见证了一场雷阵雨。胃口小的人,容易满足,也容易饥饿。妈妈小跑着冲泡奶粉,我抱着你去找枫杨树上的知了。知了什么都知道,它们的学问做得热火朝天。莫哭,知了话多,传出去小伙伴们会笑话,很没面子。面子很贵,是人世的稀缺资源。

初来乍到,低调点。论声调,你比不过知了,论杀伤力,你斗不过城里的汽车、飞机、音响和嘴仗。

朵儿呀,你为什么又哭啦?哦,尿不湿,你居然把它尿湿了。朵儿,长大后可以做个打假英雄。

你的睫毛细长,秩序井然地挂着一串泪珠,像是微雨拂过草叶,晨露沐洗花瓣。

哭没有意义,费自己的劲,伤妈妈的心。你是个珍惜自己眼泪的姑娘,懂得把泪珠摇晃成微笑的一朵。一朵云轻盈,一朵花鲜艳,一朵棉温暖。你的笑是有内容的,像那浅浅的小酒窝,里面映着兰花、水花、窗花、灯花、烟花、棉花。没有内容的笑不叫笑容,叫累。朵儿,你从六月里来,等霜降入冬,我还会为你的笑补上霜花、冰花、雪花。

朵儿,你的笑容浅。两个月的脸蛋,粉嫩、光滑,泪珠挂不住,笑靥也不长久。婴儿的微笑些微,它是沙漠上空飘来的一朵云，它是诗人枯坐写下的一行字，不刻意，却是万般美妙。

妈妈说，你的眼睛会说话，你的手脚会说话。何止呢，你圆鼓鼓的肚皮也会说话。

夜半醒来，你像只梦游的猫头鹰，小眼睛四处巡弋，溜溜亮。婴儿都是降临人间的小精灵，对黑夜好奇，对人眼之外的世界痴迷。你在黑暗里一定看见了什么，只是我不知道你的世界而已。

你吃奶的姿势很像猴子抱着一个硕大的椰子，吮吸，吞咽，咕咚咕咚。椰汁吸完了，椰壳就扔了。你吃饱喝足，摊开手脚，微笑，仰头，享受蜜汁流淌的滋味。妈妈是你的私人大厨，她很享受给你秘制大餐的幸福。

朵儿，你喜欢黏着妈妈那散着奶香的身体。壁虎喜欢的姿势，你也喜欢。初来乍到，你的眼睛还分不清我与妈妈，以及一扇窗的区别。但你有个比熊犬的鼻子，能嗅着妈妈的奶香，找到生命的依靠。你如果不是我的娃，一定是只猫崽、狗崽、猪崽、猴崽、虎崽。

吃了睡，醒了吃，不需要你为谋生去捉鼠，你也不至于无聊去钓鱼。早睡早起，你像窗外一蹦一跳的四喜鸟。鸟雀与婴儿都是太阳的孩子。而大人不是，他们是深邃夜空里走失的星星，不眠不休，捧着咖啡，孤独着寻找失散的伙伴。

哥哥回家了。你手舞足蹈，嗯，哈，哼。噗——酝酿很久，用力过猛，半天的量，结果把自己搞臭了。妈妈说，母乳便便不臭。我说，朵儿呀，你的喜悦很有味道。嗯。哼。收腹，提臀。运气，憋气，一、二、三，噗。你很有一套放气的技巧，应该是自学成才。给自己解压，这是聪明人应该掌握的生存之道。

哼哼唧唧，手舞足蹈。妈妈担心你会不会是缺锌、缺铁、缺钙。我支支吾吾，我哪里知道你是怎么想的。我想，看你沉醉的样子，应该是自我感觉良好。

有些人用点力，做出一道菜。有些人用点力，只噗地放了个屁。你的欢叫没有知了那么明了，你还没有声嘶力竭的必要。朵儿，你说呢？

总有比你还小的小人潜入梦中，盗取老天赠予你的甜美。朵儿是个机灵孩子，手脚突然抖动几下，悄悄地告诉妈妈，妈妈再一脚蹬醒我。抓坏人，只是一场虚惊。你的神经系统尚未组建成功，想做个正常人，朵儿呀，你仍需努力。

你的快乐那么简单，你的疼痛一目了然。

朵儿，叫妈妈，叫哥哥。我教你说人话，你朝我挥拳踢脚，呃，嗯，喔。你的阅历很少，但你的表达已足够准确。

喔，喔，喔，张大嘴，你的哈欠是一串号令，我亲眼看见瞌睡蠕动着从四周爬过来。瞌睡果真是虫子的模样，灰白的，草绿的，有时从米袋里钻出来，有时从菜叶上爬下来。它们一会儿甜蜜蜜去你粉嫩的脸上游荡，一会儿凄惨惨各奔东西，去脖颈和屁股上扭怩作态。

喔，瞌睡虫们沿着手臂、胳膊、肩膀、胸膛、肚皮，也溜达到我身上。

夜，睡了很久。朵儿，你也该歇息了。

哇啊，妈啊……隐隐有谁家的窗户漏出轻软的啼哭。月亮俯身照亮婴孩们的夜晚，避免黑色魔障阻挡了天使来回的路。

啊，嗯哼喔呃呀。

婴儿与樱桃都是春天的孩子

樱桃抱成团,在枝上呐喊。鲜红的滋味与欢腾的鸟雀一起沉醉泛滥。

樱桃熟了,它们的脸光滑红润。它们受着相思的煎熬,希望鸟雀来做媒人,把春天的甜美捎给英俊的夏天。

我的朵儿喜欢鸟,她好奇鸟雀都怎么了,围拢在一棵红熟的樱桃树上,跌跌撞撞,像醉酒似的。然后,朵儿咧嘴甜甜地笑,一定有谁在春树上向她盛情问好。

雨润草青,风熏花红,春水近了又远去,哗哗啦啦而又悄无声息。季节流转,生命荣枯,终究什么也阻隔不了草木轻快而又热烈的脚步。

朵儿又养成了一个好习惯。出门需要戴口罩,戴口罩就是要出门。婴儿有婴儿的逻辑，这戴口罩的逻辑合情合理。防病毒，防花粉，防陌生人，这是一个焦虑大于防护的好理由。

朵儿是个快活的姑娘。她被抱出门，像只四喜鸟扑腾欢叫。从娇羞的蓬蒿到粉红的酢浆草，从照水的杨柳到清心的银杏林。临河灌木丛有闲钓的流浪猫，过水木桥头有放风的宠物狗。樱花白，杜鹃红，金银花攀缘，爬山虎轻摇。我们戴着雪白的口罩，慢慢地走，一日望三回，望到雨落花时过。

喔。喔。哟。朵儿已能熟练地举起小手，去那心仪美丽处指指点点。哟。喔。喔。这是杜鹃花绚烂的花朵，那是高天上流淌的云朵，朵儿献上像她手指一样柔软的仰望。

纵使时局局促，也不能为难一个婴儿的仰望。朵儿的兴趣多在高处，高处有繁花，有鸽群，有风摇叶舞，有云霞浓艳，有雨水滴滴难舍，有东边的日出西边的月落。朵儿撅着屁股，委屈地爬过湿漉漉的晚春，终于可以独自抬起头，遥望一个蓝汪汪的夏天。

蜜蜂与海桐在乳白的小花下说悄悄话。黄雀蹿跃在枫杨的枝丫间，它要清点一棵树在午季的收成。枫杨的果序低垂，像极了一串串会生长的铜钱。朵儿不喜欢钱，她点着食指要去樱桃树下，那儿有乌鸫、喜鹊、白头翁在享用一树丰盛的喜宴。

喔。哟。喔。朵儿的小手指向树或是那些穿着黑衣白袍的鸟。喔，呀。朵儿在感叹什么呢？关于鸟，关于樱桃，关于初次相逢的多种激动。我不懂朵儿，应该与我不懂一树沉醉的鸟雀一样。大家在各自的世界生活，时而欢腾，时而寂静。乌鸫有张樱桃色的嘴，这嘴从不说人话，它天生是为吃樱桃而装备。

我去树下捡几颗掉落的樱桃，这都是鸟雀的馈赠。朵儿轻轻揉捏，樱桃晶莹透亮，像是婴儿的眼睛、婴儿的肌肤。春天里的婴儿与樱桃多么相像。

人不要贪念樱桃的甜，那是樱桃花酬谢鸟雀的礼物。鸟雀早晚在樱桃树上流连，这是一份关于爱的承诺。朵儿是个好姑娘，她只是瞪眼看看，舔舔潮湿的口罩，不与她喜欢的鸟雀争食物。家里，朵儿的米粉香，妈妈的奶水甜，哥哥的爱怜比樱桃还要明亮。

樱桃在树上怀念花朵。朵儿在树下仰望春天。我想，热爱樱桃的朵儿长大后一定轻盈水灵。

我隔天再去寻，枝头还残留三四颗红樱桃。绿叶间缀着红果，恰似姑娘点上朱砂痣。我庆幸鸟雀嘴下留情，知道那是它们撩逗朵儿的迷药。我记着四月樱桃的好，尽管五月已经火热来到。

朵儿知道樱桃是红的，喜鹊知道樱桃是甜的。而我把樱桃从花到果连同一群黑黑白白的鸟都记在朵儿的名下。

一只披发的狮子狗停在半路上。它安安静静，似乎什么都看得懂。喔，喔。朵儿看见了它，手舞足蹈。汪，汪。"披头士"朝着朵儿叫，它甩动金色的毛发，把微甜的傍晚抖落得蓬松发亮。宠物是养不大的婴儿。婴儿是父母放不下的宠物。婴儿与宠物是相亲相爱的，他们语言相通。

"披头士"摇着骄傲的尾巴，自顾自地向西边去了。喔，喔。抬头，西边有弯月亮，还有那颗长庚星。月亮咧嘴在笑，星星瞪着大眼睛莫名其妙。深蓝的夜空有许多明亮的洞，月亮住里边，星星住里边。朵儿摇着手臂，翘着食指，意思是她也想住里边。

春天的月亮，翘起白嫩的小脚。她要弹奏舒伯特的《小夜曲》，抑或是张弓射向一树透亮的红樱桃。樱桃红了，谁都喜欢，天没黑月亮与星星就出来俯身盯着看。

月胖了。月瘦了。月出门几天不见了。东边的月不出来，西边的星也不出来，它们结伴回乡下了。我们在樱桃树下聊天，我们这样陪朵儿度春光。她于是就学会了喔喔哟，咿咿呀,学会了指点高远的方向。朵儿的手指是一朵朵棉做的,指向什么,什么就柔软而温暖。她伸手要那颗伴月的长庚星,我就走到空旷的地方去,探出脖颈,架起她,让渴望不再被阻隔,让星光照彻她的双眼。

城里的天支离破碎,这都是楼房高高在上的杰作。我们想回乡下,那儿的天干净而完整,配得上樱桃一样清澈的眼与之遥遥相望。

婴儿与樱桃,都是春天的孩子。

我拿出手机,给朵儿拍婴儿与樱桃的合照。妻数落我,说笨拙的手脚是对美的最大伤害。一场雷暴雨,轰隆隆、哗啦啦,我看见夏天闪亮登场。而我稚嫩的朵儿还留在春天,我真不知如何是好。

风寒紧，春尚远

　　庚子岁末，大寒。下雨，下雪，下风。天脸色惨淡，被吓得哆哆嗦嗦，摇摇晃晃。

　　天下雨时，我们躲伞下听雨嗒嗒嗒絮叨冷暖。天下雪时，我们躲伞下听雪沙啦啦说风凉话。而风起，披头散发，大呼小叫，疯了一般。风撕破脸，成心想把庚子年最后半个月捅出一个大窟窿，让我与朵儿无处藏躲、无家可归。

　　雨慰风尘，雪亮前途。而风，充盈八荒，洗劫心窍，呼呼着来，呜呜着去，似一个没有来历也没有去处的饿殍厉鬼。大寒天，冷彻心扉的不是雨雪霜冻，而是扯大旗耍威风的风。

　　窗外阴风又起，虎着脸说是寒潮来袭。寒潮怎么潮，我

230

无法给黑眼珠亮闪闪的朵儿做解释。冷飕飕，冰冰凉，鸟飞叶落，天摇地晃。穿衣戴帽，关门锁窗，足不出户，人不下楼。这算哪年哪月流行的风潮，老人们说那还是他们小时候领教过的事。朵儿叫着嚷着，说不要不要。

庚子老鼠，过街的老鼠，从头到尾都摸不得的老鼠。朵儿喜欢小动物，我依然努力地告诉她所有生肖的可爱与美好。

朵儿初涉人世的庚子这一年，天寒，地冻。世界也许是这样，但我不能让无辜的朵儿直面这风一样肆虐的严峻。朵儿，十八个月大，早知如何宣泄生命的不满。猫叫、狗吠、踢门，都是她自创的小把戏。成人，或是那些被关禁闭的宠物莫过如此，对着月光哀号几个寒夜，然后擦干眼泪，低头认命罢了。

朵儿喜欢她的粉红小口罩，无聊了就拿出来，套在嘴上，蒙在眼上，在镜子前照啊照，扭啊扭。果真，人之初，性本爱显摆。

风寒，不便出门。我们就在楼下小河边看鸟，看树，看寒潮过后清凌凌的水、蓝莹莹的天。枫杨已交出全部的隐私，赤裸着临水自怜。三角槭的红火季节也过了，空留那灰白色的翅果悬在枝头，渴望创作出一段火热的民族风舞蹈。

我抱着朵儿，朵儿捏着翅果，我们在小木桥上慢跑。一粒种子在飞。一个孩子在飞。槭树低矮，不过两米高，枝头承建了一个灯盏一样的鸟窝。我说这是画眉的家，朵儿就说画眉的家。但一个多月过去了，不见鸟影，也不见毛羽，我们的心空空荡荡，像熄灭的灯盏。

紫藤萝有扁平的荚果，长长的，放地上敲，啪啪啪，砰，突然冒出三四粒黑亮的小眼睛。朵儿吓了一跳，然后咧嘴哈哈哈。成人的开悟与孩子的开心表情一样，都是简单的会心一笑。

楼下有几棵绿茵茵的枇杷树。一枝一叶，团团簇簇，佩戴着米白的花。枇杷花清淡，远不如甜蜜的枇杷诱人。我把花拉过来让朵儿辨识。花不艳，味不浓，朵儿用鼻子嗅两下，冷冷地，没反应。我说，等三四月，挂满一串一串橘黄的枇杷，酸酸甜甜，你吃一半，白头翁也吃一半。腊月里，果树们相貌丑陋，桃、梨、山楂、樱桃、柿子、香泡、无花果，低矮荒芜。只有这几棵枇杷，有花有果，维护着残酷岁月里一点甜美的形象。

冬天没有鲜亮的颜色。南湖会景园的蜡梅开了，小瀛洲的南天竹、火棘果红艳，勺园桥边乌桕果炸裂，白得像雪，像夜晚点点繁星。朵儿早晚念着。

社区里还有几棵无患子树，枯瘦，清高，挑着不少蜡黄的果子。像桂圆，又不是，喜鹊和乌鸫叽叽喳喳地研究过，滑溜溜，不能吃。无患子们攀上高枝，翘首以盼，期待再一场寒风，刷啦啦，刷啦啦，吹响它们重生的风铃。

我轻轻摇晃低垂的枯枝，啪嗒，啪嗒，一粒粒，一溜溜，无患子们欢喜着滚落脚下，又蹦蹦跳跳地去往围墙的那边。朵儿远远站着，生怕天上掉下一颗什么星砸着头。虎斑猫也远远躲着，密切关注那棵摇晃不定的无患子树。喜鹊盘旋在深蓝的树顶叽喳叽喳。

朵儿哈哈哈地跑过来捡，一颗两颗，一枝两枝，捏在手心摇啊摇，像会唱歌的灯笼。我抱着朵儿，朵儿左手一枝，右手一颗，唰啦啦，唰啦啦。我说，天黑回家喽。朵儿说，月亮出来喽，星星出来喽。风寒紧，春尚远，一串无患子足以为我的朵儿抵御风寒。

庚子未尽，辛丑未动，我要准备好，与朵儿一起迎接那个遗失在庚子年的春天。

捡树叶的小女孩

　　有卖火柴的小女孩，有戴眼镜的小女孩，我家这位是在黄叶铺满的林间小路摇摇晃晃捡树叶的小女孩。

　　竹柏、红楠、栾树、月桂、木荷、杜英、柳杉、朴树、苦槠、马褂树、罗汉松、龙爪槐、七叶树、红豆杉、水丝梨、缙云槭、丝棉木、金镶玉竹、椤木石楠、小叶青冈、深山含笑、西南卫矛、日本厚皮香、墨西哥落羽杉……树有万千种，我的朵儿只爱落叶一片。当然颜色要明艳，造型要前卫。这叶像红色爱心，像白色利剑，像火烧的芭蕉扇，像奏响《梁祝》的金色小提琴。那叶像绿色风车，像黄色小马褂，像外婆在灯火微黄下的缝衣针，像吕奉先银光闪闪的方天画戟。朵儿穿米白的连衣裙，像觅食的鸽子，捡起这片，拾起那枝。我与妻护行左右,讲述每一片叶子可能有的明亮形象与故事。

捡树叶,是我与朵儿开发的新游戏。我们穿城而过,去城南虫鸟共鸣的植物园。

植物园负责生长绿色,也兼职递送喜乐。香泡与柿子,没有招摇的枝叶,但沉甸甸的果实足以让人垂涎。灯台树凋零突兀,而我与朵儿足够幸运,收获它馈赠的最后一片卵形黄叶。喜树,听着就喜气洋洋。喜树叶绿,果绿,深秋依然散发春的喜悦。喜树不落叶,朵儿有点失望,我想,在喜树下寻寻觅觅,也是一件值得抒写的乐事。

植物园树多,名堂也多。什么纲,什么科,什么属,谁是内亲,谁是外戚,瞅着树牌都累。朵儿人小心大,统称它们叫叶叶。我给朵儿取名一朵,只希望她能如一朵云、一朵棉那样轻盈柔软。坚硬的年月,稀缺一颗柔软的心。

秋风起,秋水漾。银杏、玉兰、枫香,都软了心肠,松开紧握的指掌,任由黄叶去辽阔里洒脱。树的根脉在土里,叶的归宿在土里。皇天后土,万物自有归途。

枝叶黄,泥土香,这是大地的盛宴。我们在植物园的草地上小跑,转圈,哈哈哈笑。然后,东倒西歪,像几片笨拙的梧桐叶,翻滚进泥土绵柔的心窝。

朵儿嫩胳膊细脚,却爱任性挥舞,像风中的柳枝,像枝头欢腾的四喜鸟。只惜妈妈没赐予她翅膀,不论如何在风里加速,或是从斜坡上冲下来,都只能像蹒跚的企鹅,摇摆着穿过不紧不慢的秋日时光。朵儿飞不起来,干脆就扑倒,土地的柔软不比云朵逊色。

朵儿走累了,就找爸爸抱抱。朵儿跑倦了,就倚着妈妈仰天躺下。树叶落地,有泥土托着。朵儿躺下,有爸爸与妈妈簇拥着。我想,秋天的叶子都渴望成为孩子,飞上一会,跑上一段,然后憋红脸倒进爸妈的怀里。

我抬眼望,天地辽阔,偶有几片羽毛云在蔚蓝里浮动,像是慢镜头中翩飞的白鹤,真切而又虚幻。

突然,朵儿翻身而起,翘着食指,一群南下的雁掠过她水一样清澈的眼。

高天上有静默的归鸟,有结伴而行的流云。金鱼风筝被抛弃在树尖,像片寂寞的梧桐叶,飘啊飘,却无法下来。上弦月早早出门,俯瞰人世,在鸟的羽毛上写下抚慰苍生的行书。

朵儿还小,不懂天高地阔。但她通晓自然的语言。清晨,她从温暖的梦里醒来,甜甜地叫唤南窗外闲散的流浪猫,喵呜,喵呜,喵——。暮晚,她守着北窗,看晚霞穿透枫杨,看黄叶间晃动的鸟影,念念有词,唧啾,唧啾。唧啾,不是我教的人语。窗外那几只白头翁摇着树梢,没完没了唧唧唧唧地聊,她听在耳里,说在嘴上。孩子是天才的诗人。他们懂大自然的语言,他们会说唤醒万物的咒语。"每个婴儿的出世,都带来上帝对人类并未失望的消息。"婴儿的神奇不是成人想象得到的。

鸽群在盘旋,蝴蝶风筝当空呼呼欢叫。一树一树的叶子黄了、红了,它们跳入风里飞,落在地面跑,像是快乐的画眉鸟,像是从森林来的小精灵。

叶子旋飞的样子好看,舞动的声音好听。汉字里,好听的字多带口字旁。树叶的叶,不但有口,而且长了十张口,它的话多,它的歌也多。鸟雀欢腾的枝叶间,一定藏掖着无尽的神秘。你看,街头拥挤的人流,大家低头沉默不语,各奔东西。而植物园一棵瘦高的大叶杨,稍有风吹草动,立马摇枝响叶,哗哗,哗哗,浪潮一样,向着高远的天空鼓掌或是呐喊。

朵儿想摘一片绿茵茵的芭蕉叶,妈妈不允许。秋天的衣服是树叶缝制的,哪一片叶都不可缺少。朵儿想捡一枝秋水枯荷,我也不允许。云在青天,水中虚幻,朵儿只是个十七个月大的婴孩。我捡起那些灰褐的或是被虫子翻阅千万遍的枫香叶,试图告诉她,每一个虫洞都淋着秋雨的晦暗，每一处缺损都湮没一段生命的光泽。她不懂，她好奇叶叶上正在发生的故事。

虫子亲吻树叶，写下一行行粗朴的诗句。虫界的语言，人不懂，但乌鸫、伯劳懂。它们在枝头上下腾挪翻转，啾唧，唧啾，像在破解密码一样。虫鸟的互动交流顺畅而愉悦。朵儿一定也懂虫与鸟写在树叶上的情话，不然她不会对一棵鸟雀盘绕的枫杨仰望太久。哈哈哈，朵儿的乳牙洁白，像云朵一样泄露了天机。

我们都曾是婴孩，但没有谁刻意记录或是记着自己的婴孩期。

婴孩是寄居人世的精灵，他们来自幽远的森林。晨曦和暮晚，飞鸟和落叶，是朵儿等待一年的梦。我推开她的心窗，看她捡拾树叶，看她查阅远方寄达的信件。

我们也曾搭船随人流去南湖的烟雨楼，那儿黄叶堆积，那儿秋色连波。乌桕、银杏、榔榆、国槐、黄桦、柘树、糙叶树，都是百年以上的古木。如果四季不足以讲述生命的绚烂，那百年的等待，终于迎来一位捡拾光阴的小女孩。

烟雨楼前，剧组在红船拍摄《百年伟业》，朵儿在乌桕树下仰望醉了的红叶。船头有一位英俊青年，青布马褂，身高脸阔，久久伫立，凝望东方。我抱起朵儿靠前让她挥手叫毛爷爷,她扭头依然痴迷那摇摇欲坠的一片乌桕叶。

我很想知道谁在鼓动树叶与我抢夺花样的朵儿。孩子的眼睛是清亮的,那里映照一切明亮的事物。孩子的目光是笔直的,什么也阻挡不了他们对美的追求。我想朵儿一定有千万条理由说出对树叶的喜欢。但我怕她长大后什么都忘了。人的健忘不是记性不好,而是太多新鲜玩意儿在做一次又一次的覆盖替换。

寒露至,寒气生。我搭乘高铁回家,为朵儿从爷爷的地里捡回几片晚秋的水稻叶、花生叶、黄蒿叶、红蓼叶。爷爷病危,他的余生和这几片叶叶一样亟须珍视。

立冬过后是小雪。小雪,江南没有雪。我送朵儿一本飘雪的植物标本册,收留那些随叶子一道回家的温暖时光。叶枯鸟落,这一季,好看的时光已经不多,亲爱的人转身将不再回头。我与朵儿,一路捡拾,一路错过。错过多少,谁也不知道。

雨在大地重逢

　　立春而后，雨在大地重逢，人在城中相聚。

　　我领上一家四口，经春波门，过府前街，奔赴子城的一场千年之约。

　　我们驻足门楼广场，推伞仰望，风雨中谯楼青黑静默，翘角飞檐把我们的视线引入烟雨湿润的天空。

　　朵儿初涉子城的土地，扛着小黄伞，在幽深的城楼门洞里蹦来跳去。妻徘徊在城门那对石狮子前，对视，微笑，左顾右看。城楼威严，但这对石狮一雄一雌夫妻档，劫后重生，你望我，我望你，含情脉脉，温柔慈怜。妻抱过朵儿去看母狮怀里的幼崽。朵儿把脸贴着她的雨伞，细听春雨在耳边私语的秘密。立春而后，禾城的雨爱说悄悄话，句句轻柔,句句甜蜜。朵儿不关心城池与掌故,一座城门如何坚硬厚重,两只石狮如何温暖了时光,都与她无关。她爱那黑黝黝城门上光滑的铜钉和圆环,摸一摸,摇一摇,砰砰响,她笑吟吟。

一场二月的新雨,一座千年的旧城,我们在庚子年末相逢。春雨如洗,纵有漫天阴霾,都将悄然落定为尘埃。

穿城门,跨仪门,我们沿着五代宋元明清的甬道,走走停停。千年足够漫长,把石灰岩渗入乌黑的泥土,把王朝掩在行人的脚下。千年也只瞬间,朝代更迭,文化叠加,转身,你我穿风过雨,正闲游在新铺设的石板甬道上。

朵儿是个贪心姑娘,她抛下伞,顶着雨,正俯身捡拾道旁的鹅卵石。每每淘着宝贝,她总摇晃着举过头顶给我看,宝贝像黑陶一样明亮,像眼睛一样闪光。我相信孩子的审美视角,你看,她捡起的每一粒黑色鹅卵石都比冰冷的城墙与府衙温润有光泽。妻拉着匀儿去营房那边拍照,每一棵树像亲人一样与我们并行于世,每一块砖像故旧一样醒来重见天日。我在园子里闲散着走。摄影师在给范老师与一棵老香樟拍合影。文学院的薛老师撑着伞,在微雨中独自慢行。子城是一本尘封太久的长篇章回体小说,需要一个启封唤醒它的人。怀苏亭那儿,老两口戴着口罩,在轻声评议苏小小的墓。阿叔阿姨他们家住子城东北角，儿时常翻墙去墓上戏耍。我上前叙谈，问及墓址，他们向我比画，弄口进去，拐弯。遗憾早已了无痕迹，空余诗文里油壁车、青骢马，无物结同心。春雨迷离，春鸟空吟。老先生姓赵，说是陆明的故交。迎面走来拉面店戴白帽的马师傅，他记着我和匆儿，我也没忘记他。城市改造，他的拉面店搬迁，我再也没吃过他的面和饺子。他询问匆儿是不是该大学毕业了，我打听他的新店开在哪里。他住大年堂，他带着孙子来玩，而我领着的是幼小的朵儿。

登上谯楼，面南远眺烟雨楼台、壕股塔影。子毅随爸妈欢喜地跑来。我问他遗址公园怎样，他笑嘻嘻地说，典雅，厚重，安静敞亮，像个富贵人家的大客厅。子毅不是子城的孩子，他是我的学生，像子城里那棵挺秀的梓树，急需一场春雨的浸润和唤醒。

老人们在说子城斑驳的过去，孩子们在享用这个与雨相逢的春天。庚子岁末，子城遗址公园开门迎客。这里不是考古现场，这里是"嘉"人有约的家园花厅。

我沿着园子里散漫的石板路走，听雨润禾城的土地，看树长出新的年轮。

子城的树高昂着头，苍翠而目光遥远。香樟，四季本色不变,根入柔软的水乡,叶向绿莹莹的江南。城门后的水杉高耸冷峻,千年的城楼需要它们威严的守护。子城的鸟雀是看家护院的原住民,不论风来雨来,乌鸦来或是喜鹊来,热情迎接,共享这先辈留下的宅院与城池。你看,开门第一天,树梢上空盘桓的喜鹊与乌鸦,喳喳喳,亮亮亮,抖羽毛,抛水袖,演戏一般,热闹非凡。至于唱的哪一出,游人似是不在乎。人嘛,除了在意自己的脸面和脚下孤独的身影,别的总是忽略。偶尔也有斑鸠的一两声长调,咕——咕,悠远而空旷。

对于历史和时间,树和鸟比人看得真切。时间之门,不论石头的、青铜的、木质的,都柔软却又无坚不摧。时月向前,文化叠加,一座城门关锁不住,一个千年承载不下。

所谓千年,不过某事的一个定格或是某人的悄然转身离去。

子城宅园的木门敞开着。妻与朵儿一人倚靠一边。她们央我拍照。对美,女人总是要求过多,她们渴望把一园红梅据为己有。匆儿不爱拍照,绕过梅树假山,去找他的花月亭。

我们在花月亭里避雨,小坐。妻与朵儿讲述蜡梅与红梅的香与颜色。我与匆儿论一首词和一个叫张先的嘉禾通判。"送春春去几时回？临晚境，伤流景，往事后期空记省。"春逝伤流年，位卑叹迟暮，没有谁真能轻易放下。"云破月来花弄影"，文辞虽巧，其情亦悲。"我跳舞，因为我悲伤"，果真，花月易伤人，文人总悲伤。幸好，我与匆儿只是游走子城的一介草民，没那一段段飘在云端的哀伤。

花月亭与中山路只一墙之隔。城市在改造，烟雨朦胧中能听见破碎机像机关枪，嗒嗒嗒，把城的繁华击穿，让它变得千疮百孔。我在公园规划图上看见，一条过街地道，避开机械的轰鸣与繁华的喧扰，通往路那边草木葱茏的瓶山。生活本没有什么要紧的事，待年月顺遂，我们再沿子城的甬道继续向前，相约瓶山，赏月波楼上像流水一样的月光，访瓶山一捧梅香浮动的积雪。

三月，风翻出一件花事

　　风来，雨来，三月里花一树一树地开。树是紫的，树是白的，树是粉红的。

　　花不是一朵一朵地开，草不是一叶一叶地绿。一夜之间，湖山着了粉黛，郊野动了春心。我与朵儿手忙脚乱，不知如何享用这突如其来的大欢喜。

　　二月时，我还指着鸳湖边一片冷漠的林子告诉朵儿，树是黑的，树是暗的。而三月，玉兰、早樱、海棠都愤怒地跳出来反驳，树也可以是花的，是明亮的。怒放，是一种不言而喻的生命宣言。

　　朵儿尚小，她的视界不如我开阔。我指给她看热烈的紫玉兰，说那是高贵，那是孩子梦一样紫色的童年。她扭过脸,不理我。几只蜜蜂正嗡嗡聒噪,试图合力摇响邻树那枝细碎的梨花。在香艳的花花世界,蜂蝶引荐给孩子的,总是最甜、最洁净的那朵。昆虫比人懂得花是爱的温床,朵儿比我清楚自由选择的意义。

风从二月的北方赶来,阴着脸,呼呼喘息。它来三月的鸳湖,翻拣一件去年落下的花事。

北来的风受了寒,抱着鹅黄的柳条瑟瑟发抖。鸳湖的柳见过大风浪,揽过消瘦的风,温柔地在水边荡啊荡。春风单薄,它渴望有件水波一样透亮柔软的湖衣。但它性子太急,孩子似的跳入湖里,咕咚一声,坏了一湖碧蓝的好风光。

风在湖墅桥头,风在南溪的大草坪,有时候它悬停在香樟林的半空,与几片蜡黄的香樟叶纠缠不清。三月的风不比我的朵儿逊色,它时不时也卖弄顽劣的坏脾气。这是孩子可以有的浪漫,但我还是担心它会教坏我的朵儿。

果真,风在勺园拦下朵儿,拉着她粉色的围巾打探那件遗失的花事。朵儿不说话,哈哈哈地笑,领着风跑向假山堆积的牡丹园。勺园的结香花已成往事,而海棠正娇嫩红艳。一盆六月雪,还沉醉在去年火热的季节。勺园的飞檐翘角,如灵敏的耳朵,听风听雨,听一个两岁的孩子来回蹦跳,鹁鸪鸟一样雀跃欢叫。

　　勺园的白头翁蜷缩在光秃的白杨枝上，唧啾唧啾，呼喊谁的名字。巫师依旧停顿在黑森林。三月，春风得意，爱却没有迹象，没有谁愿意在三月谈论一个园子散逸近五百年的爱与哀愁。乌鸫是个出色的民谣歌手，哟，哟哟，亮亮，亮。周云蓬只能唱《九月》，乌鸫能不知疲倦地唱整整十二个月。用荒腔走板来描绘一只歌唱的鸟，是对孩子的不尊重。朵儿能闭上眼睛，指着树里跳跃的黑影甜糯地说，乌鸫，乌鸫。

　　风在三月的郊野寻花，不知疲倦，匆匆奔向每一株如约而来的绽放。

　　三月，我们随风去城外的野地踏青。城也曾是块撒满婆婆纳、野豌豆、油菜花的土地，如今再也闻不见花香和野草味。城市设计师对土地的修饰，远远落后于三月的风。

　　朵儿在绿油油的风里蹿跃翻滚。她称呼那咧嘴的小蓝花叫"婆婆纳"。如果谁家的婆婆不开心，让她来朵儿的身边，朵儿会喊上几声"婆婆""奶奶""婆婆纳"，然后生活就亮了，像笑响的春天、合不拢嘴的花。野鸭在醒来的沟渠里翻箱倒柜，青苔下，金鱼草里，藏着水淋淋的鱼香味。蜜蜂、蝴蝶殷勤地为每一个赶来的孩子忙碌。春天，大地是个花篮，蜂蝶捧出美艳的香与色。秋天，大地是个果盘，风把所有的红熟与酸甜都奉献出来。

　　花是蜂蝶嘴里梦幻的浆液，果是孩子眼中闪亮的星宿。老天眼明，让美好的事物得永生。于是我也要好好生活，活得美好一些，让老天也爱怜我，容我永生。

　　我与朵儿看累了，就匀出一株海棠或是一片菜花地，任由风在三月里心驰神往。风来三月只为找寻一件去年落下的花事，它没有闲情摆弄满城风雨。阴冷潮湿是二月的坏脾气，风言风语是四月的小把戏。三月只适合散漫地游荡，找花，找花，也顺便抚摸一下树下像花一样的孩子。

　　风把雨作为礼物送给三月的草木，风把月亮馈赠给我两岁的朵儿。

　　风定，月起。我抱着朵儿，仰脸说："下雨天，月亮不出门，是她家没有伞。"

　　朵儿说："我家有。"

　　"好的，那我们借一把给她，等下一个雨夜，你撑你的小黄伞，她撑她的明月光，你们就可以天天见面。"

　　生活不曾静好，现世也不再安稳。如果生活使你疲惫，不妨请教孩子。如果城市使你厌倦，不妨回归自然。

南湖天地有朵甜

逛南湖天地，我居然发现一种奇妙的美味，一朵甜。

名字比滋味诱人。一朵，是朵云似的棉花糖。甜，是鲜甜的冰激凌。一朵棉花冰激凌，甜。

朵儿捧在手心，看了又看，舔了又舔，终究按捺不住，把它融入嘴中。柔滑，甜蜜，雪一样化为水灵灵的童年。

爱她，就给她一朵棉 样的甜。南湖天地红了嘉兴，也红了我朵儿鲜艳的嘴唇。这是她人生第一口冰激凌，名叫"一朵甜"。

二〇二一年，南湖天地敞开了门，鸳湖里弄的门，嘉绢印象的门，南湖书院的门，南堰老街的门……禾城所有的门敞开着，事物明亮，人世吉祥。

流水人家，街巷里弄，露台庭院，草坪花圃，水景喷泉。旧厂房，老水塔，石拱桥。年轻人三五成群，扑向那些所谓时尚的服饰和新奇的美食。老人家步履蹒跚，絮叨一些旧成老照片的屋舍桥梁与街道。这是嘉绢的厂房，那是南堰的老街，而书院曾是湖滨的中小学。灯火阑珊，人影散乱，讲不完的故事，品不尽的滋味。浪潮涌动的南湖新天地，霎时成为人的俘虏。

建筑本是自然恩典与众生的福祉，但禾城人总急不可耐、兵不血刃地把它攻陷。

朵儿尚小，像只穿裙子的小黄鸭在人海里奋力穿行出没。我担心她随时被席卷而去。我们躲往盐仓桥那边的南湖老渡口，看石牌坊，听夜航船嘟嘟地驶过来，又哗啦啦地荡开去。石牌坊，是扇门，也是个大相框。二〇〇八年，南湖大雪，我们领着八岁的匆儿来此踏雪拍照。那晨，湖光空渺，塔影清远。朵儿不知雪为何物，禾城足有两年不曾落雪。幸好禾城水多，湖边长长的亲水石阶足够我们仨排排坐。我们临水看晚霞，看她红遍了西边的天。我们临水看金星，看她挽着月亮爬上禾城的天际线，俯瞰这闲逸的灯火人间。金星里居着西方的维纳斯，月亮里住着东方的嫦娥，不论西方与东方，她们都是南湖上空爱与美的明星。远处，金色耸股塔撑起禾城的精神高度。眼前,红船如一枚红色印章钤印在秀水南湖。

两岁的朵儿无法想象湖滨夏园的紫藤雪、秋园的银杏雨。陈家的小洋楼旧着,把明艳的新时代旧回空空荡荡的民国时期。民国时期的鸳湖旅馆新着,清砖红线,镂窗高墙,革命之火再次被点燃。烟雨楼台阅尽沧桑,南湖天地画图新开。承百年荣光,南湖这片热土,如今换了人间。

而朵儿不懂历史,她只生活在二〇二一年的初夏六月。当下就是最好的时代,当下就是她美如一朵甜的全部。

妻要去商铺采购,她不能辜负货柜饱满的诱惑。朵儿要去草坪上奔跑,小哥哥的荧光棒,小姐姐的百褶裙,让她按捺不住地疯狂。朵儿跑过去甜甜地叫哥哥或姐姐,人家亲昵地叫妹妹,拉拉手,给她一个橡皮弹弓,或是教她舞蹈游戏。朵儿学跳舞,学双手捧出一朵玉兰花。然后笑嘻嘻地跑太同小哥哥说,送你一朵玉兰花。花白,手嫩,满嘴的甜与香。也有自讨没趣的时候,人家不搭理,推她一把,狠狠地说,走开。朵儿的友善能收获多数的爱怜,但不是谁都如她所愿。

我只想去湖边透气吹风,晚风,湖风,红船击水荡漾的风,彩云追月洒落的风。

局促的城里人，需要一片敞亮的天地透透气。如果河是城市温热的血脉，那湖就是舒畅的透气口。孤独的城里人，需要一个绿色的广场聊聊天。聊天说地，正日益成为城里人的一种奢侈品。城里没有湖蓝的天，城里没有水色的月，城里更没有负责生长的土地。

楼宇坚硬，马路肃穆。这疾驰的人间，需要一片柔软的新天地安抚孩子甜甜的嘴，安放成人冷峻的心。你我且慢，前方"源广场"蓝色的穗花开成一片，盐仓桥下南湖水正东流而去。乳白的月光，蓝汪汪的水。湿润的湖风，清莹莹的美。湖滨绿道，走着相伴出行的老人与儿女。亲水石阶，坐着笑语盈盈的爸妈和孩子。

"我还要一朵甜。""冰激凌，一朵甜。"突然，朵儿倒进妈妈的怀里，像只甜甜的猫咪喵喵叫。

"冰激凌，冰冰凉，小孩会吃坏肚子的。"妈妈总是很小心。

"没事的，没事的，我要一朵甜。"

我也说，没事的，这么喜悦的名字。

朵儿的努力有了回报。她举着第二支"一朵甜"，去"源水景"的镜面池里照影，去"源广场"的草坪上转圈，像只南湖梳理毛羽的白鹭，像只四季园忘乎所以的四喜鸟。

"不能玩水,掉下去危险的。""不能进去,踩踏草坪不可以的。""不能乱跑,人多会走丢的。""警察,警察叔叔抓你来了。"妈妈们总是警惕,警惕这个和那个。敞开的南湖天地给人以松弛,而不是小心翼翼。

"没事的,没事的。"朵儿懂得宽慰人,这是一朵甜给予孩子的智慧。

甜,甜不过一朵甜。美,美不过孩子美。孩子的眼睛清澈,孩子的心思单纯。成人的苦,孩子不懂。孩子的甜,我们不必阻拦。孩子是张过滤网,漏出人海里几条悠游的小鱼小虾,网住成群渴望远方而不得的大鱼。城里没有木头,也没有马尾。那个把这远方的远归还草原的人早已远去。

老人们在沉沉的黑白记忆里停顿,青年们像风一样从南湖的红色里飘过。我努力地寻个僻静处安放自己,而朵儿正甜甜地张望,一束光,一团火,一群人,南湖有朵甜美的新天地。

路在路中央

　　出门,需要穿越一个长长的施工路段。泥沙、烟尘、噪音,我不躲,躲也躲不过。泥浆跳上衣裤,我不恼,权当皇天后土对我身份的认可。汽油的味道很好,高档车与低档车的区别不在牌号,闻闻那个高标的味就知道。雾炮机张开大嘴,拦在前面肆无忌惮地喷。云来雾去,咆哮怒吼。它傲慢暴躁得像龙王的太子犼。增湿,降尘,雾水淋淋。朵儿说,下雨了,下雨了,她的尾音比溪水清白欢喜。

　　工地用绿色围网遮挡起来,不愿让人看见卸妆时的凌乱不堪。交警、协警在路中央殷勤指挥,特殊时期,人比智慧交通系统更人性。

　　城市品质要提升,马路要加宽、提速、亮化,修高架,接轻轨。马路不能只为跑马,生活不能只为生存。路在路中央,人在人中学,马路要学人,要加强、改造、进修。

破碎机像机关枪,嗒嗒嗒,把城市用水泥钢筋粉饰的灰色面容击穿,城市变得千疮百孔。打桩机下去又上来,上来喘口气,又憋着一股劲下潜。人只能往水里钻,打桩机却能往地层深处前进。钻头比人头硬。人在水里可以看见鱼虾和水藻,钻头在土里能看见什么,我不知道,但等它探头喘气时,嘴巴里吐出的,有黑黑的泥浆、黑黑的贝壳、黑黑的朽木。地下没有阳光,万物都是黑的。岁月的尘埃曾经落定,而今掏出来,挫成灰,尘土飞扬。

坚硬的外壳还不足以表明城市的坚强,继续往地层深处打进钢筋铁骨。人被虫子叮咬,痒。路被钢筋叮咬,痛。柔软的心被刺穿浇筑,活路就被堵得结结实实。

朵儿不出门,守着绘本一遍又一遍地翻。某天,她说那上面太幼稚。我摸她的头微微笑,是的,幼稚。我牵她出门上路,去那疾驰的人间看看。

我们逆着人流走。逆流,有风浪,水花四溅。逆行,违反交通规则,但可以看清更多人的脸。如果水面突然跳出一条白花花的鱼,或是人群中突然探出一张熟悉的脸,停下车,朝朵儿招手,甚至走到面前问候夸赞几句,朵儿一定会快活得像勺园大草坪上那只轻巧跳跃的鹡鸰。

前前后后，人行道上没有走走停停的人。路人甲，低头向前，像犯了错似的。车辆乙，昂首狂奔，冒着烟放声尖叫。柏油路，轻轨，高架。刺刺响，呼呼叫。十字路口，红灯绿灯，睁一只眼闭一只眼。南来北往的人与车，哗啦啦涌来一群，呼啦啦退走一线。潮涨潮落，是自然的规律。东奔西走，是人世的潮汐。摄像头，斑马线，减速带。朵儿说得没错，绘本里幼稚的故事是作家编的，路上隆隆作响的好戏是我们自己演的。

上路，没有停歇的余地。只一站路，朵儿说有点累。我帮她爬上公交站台的座椅，继续看南来北往路演的人。行路的人很少言语。无语，不是不擅言语，是无人愿意说出自己。

人不说话，风凉话都被疾驰的车子们说了。车子夸夸其谈，车子窃窃私语。我附着朵儿的耳朵问，马路上的声音都哪去了？她摇摇头。我说有些被前面的车子吃了，有些被黑洞洞的窨井收去，藏在城市空空荡荡的心底。剩下一些话被风吹到高高的灯杆上，羞得夜灯红了脸。哐，当。哐，当。路上一个又一个窨井盖受着车轮无休止的撞击。城市生活不易，我对它钢铁般的承受能力敬佩不已。

城市是过度装饰的土地,向下挖掘掏空,向上叠加拔起。城里的人也喜这招,一面修饰抬高身价,一面收缩藏匿内心,谁都不愿轻易交出自己。

有路修在地下,有路修在河上,有路修在路中央。柏油黑,水泥灰,新铺的铁轨受着雨水的洗礼,锈蚀泛红。道路分两半,你走你的,我走我的。一个早晨,一个傍晚,没有我认识的车主,也没有认识朵儿的热心人。我看见人世的仓促与疲惫,朵儿看见人在车轮上飞来飞去。

朵儿,等你上学了,老师会布置观察作业,你就写我家门前的路。你写,路修在路中央,什么车都有,什么人也都有。上班、回家,各赶各的路。他们不笑也不哭。孩子想哭就哭,哭得响亮,大人们不。大人们,白天一脸严肃,夜晚傻傻地像个孤独的孩子。

朵儿想体验过斑马线的滋味。我们在红绿灯前等候。嘟,嘟,嘟,无障碍通行提示音时而缓,时而急。行人悄然无声,车辆呼呼喘息。看灯,看车,看人,我与朵儿多次错过穿越的时间,原地不动。驻足十字路口,静观其变,这是一件极有意思的事。过马路不是初衷,看马路才是目的。

朵儿想搭乘新修的轻轨。白色的车厢,绿色的路基,在青灰色的城市街道游走,像肥硕的春蚕,也像奔跑的电动玩

具。朵儿的绘本上常见这样的小火车，车厢空空荡荡，但它
开往远山的春天。生活，在孩子的眼里只是些好玩有趣的
玩具，城呀车呀，风呀水呀，树呀鸟呀，都是玩具，高级的玩
具。呜呜呜，孩子的玩具，成人的玩具，大小有别，音效相差
无几。朵儿想坐小火车，行，但得等等。疫情严峻，出门
小心。

拆旧，轰隆隆，旧房逃不过劫数，化作漫天烟尘。挖掘，
嘭嘭嘭，破碎机、挖掘机威力无限。白天与黑夜，星星与月
亮，悉数支离破碎。朵儿喜欢看打桩机，巨型三角支架高耸
云天，托起火红的太阳，挽留血色的晚霞。城市给朵儿普及
的科学原来是这个——几何。人生几何，工地很多。

黑黑的柏油被揭穿铲去，柏油下面是埋葬的水乡黑土
地。草木、瓦砾、贝壳，坚硬的路基下面是十年前的农田，百
年前的村庄，千年前古太湖床底。破碎，铲运，抛弃。浇注，
掩埋，覆盖。这回，施工队的使命是把轻轨修到路的中央。

城是土地上的暴君。修路，架桥，起高楼，假惺惺地去
地里刨个大坑，不是丢粒种子进去，而是埋根生硬的钢筋铁
骨进去，不为了发芽，只希望千古不朽。城建在地上，用水
泥、柏油遮遮掩掩。抹来抹去，只是一次次撕心裂肺的破碎
与抛弃。人把生活托付给簇拥的楼宇和车辆，它们最终回

报人的是奴役。

我们坐上白色小火车。朵儿的眼睛欢喜,她抚摸银灰色的座椅,从这节车厢摇晃到那一节。我望向窗外,风已不再是风,光已然从刺眼的幕墙玻璃上溜走。轻轨疾驰,在车来人往的马路中央,在高楼耸立的城市中央,像只机甲巨虫,独来独往。

云没长脚，是风背着它在跑

朵儿，我们出门与七月的风一起奔跑。

风云际会，风生水起。人世以外有朵叫"烟花"的风暴潮，没大没小，没完没了。

烟花三月下扬州，烟花曾是古人写在树上的浪漫。但这七月的黑色"烟花"，风风雨雨，不解现世风情。烟花一朵，不足以满足海洋汹涌的胃口。海湾那泊着的渔船，沙滩那嬉戏的人群，都是它垂涎已久的美味。白色的，一朵朵，是烟花零落的花瓣。黑色的，一堆堆，是烟花落定的尘埃。苍茫人间，受着它的惊吓，也承着它的洗礼。

朵儿，像棉朵一样的云没长脚，是风背着它在辽阔的世界放纵奔跑。风背着云，像背着一个大包裹。世界那么大，风不知该将云派送到哪片土地。快递员会看单送货，风没有目标。云是造物主寄送给天地生灵的礼物，喜欢谁就给谁，不需要具体的地址和条理清晰的理由。快递员彬彬有礼地给客户发短信、打电话，风没有电话，它只会像牛仔一样呼呼吹口哨。风哨比警哨响亮，台风来袭，仓皇赶路的人，在十字路口迷失了方向，像一团凌乱不堪的尘埃。

风学人的样子，喝醉了酒，跌跌撞撞，满嘴呼呼呀呀，说"我从哪儿来""我到哪里去"一类人云亦云的胡话。风去山林撒野。林涛如海，有树俯首帖耳，有树挺直腰杆，决心做一棵有风骨的树。风去山头逞强，拿云朵碰石头。云擦着山崖嶙峋的石头，额头鼓出一个包，脸皮渗着殷红的血。风把一朵云托举到天穹的高处，一松手，云顺着蓝色弧圈，像坐滑梯一样溜下来。摔碎了，摔疼了，云朵伤心得想哭。委屈时的云朵，像滴悬浮在半空的眼泪。风气喘吁吁，像条疯跑的野狗，背着云朵不撒手。云的心碎了，瘫软在地，哗啦啦抹眼泪。不知是风累哭了云，还是云拖累了风，天地之间落了一场悲情的雨。

朵儿，你仰脸看，天是尘世的一面镜子，里边映着宝蓝色的海和奔跑的云朵。

风背着云朵，攀上穹顶，一趟又一趟，来回擦拭。风累了,把云卸下,挂在松枝上,或丢进峡谷里。有一朵歇在山的头顶,像骑在爸爸脖子上的小姑娘。风去敲渔家的院门,没有回音。紧闭的玻璃窗后有一双水滴似的眼睛,试图与屋檐上方的云朵说句悄悄话。

风去紫螺湾里聒噪。礁石受着风浪的撕咬,一颗心越来越冷峻。受的击打久了,礁石已忘记自己的心曾像熔浆一样奔腾流淌。

一个高高壮壮的浪头奔涌过来,扑向沙滩。你看那些孩子和爸爸妈妈惊声尖叫,四散溃逃。人胆小如鼠,连同歪歪斜斜的脚印也溜得干脆彻底。人落在沙滩上的欢喜,不过是几只鹬鸰轻盈的蹦跳而已。人潮,人海,无法匹敌一个浪头。浪的背后有一片激荡的海洋,人的背后只有一个干瘪的黑影子。

海在脚下呐喊助威,云在头顶欢欣鼓舞。风,山风,海风,一个叫"烟花"的台风,在黑暗将至前,把尘世炸裂得天旋地转。我背来渔民的缆绳,去那浪头里捆缚。风的手在浪头,风的脚在沙里。浪头拍着沙滩,哗哗,哈哈,笑我愚笨而不自量力的想法。

日光下泻。太阳目光如炬,俯瞰众生如蚁。美是脆弱的,一切磨难皆是修炼。

　　我爬上山头，做追风的人。我倚着一块苍老的花岗岩，侧听一棵松与风的甜言蜜语。我躺在茅草地上，仰视苍穹之上，一只海蓝色水晶碗扣在心头。蓝色的梦，蓝色的火焰，蓝色生死之恋。习惯在城市低头穿梭的人，永远看不见三尺之上蓝色的神明。没有谁开释我，那五行山上的咒语也曾镇压着我。我瘦弱，微不足道，神明厚爱，把我置于一只水晶碗的中心。

　　风是太阳的门徒，云是风的使命。风背着云朵奔跑，为着一个叫"烟花"的风暴潮。奔跑，飞翔，激荡。千年之前，列子御风而行。千年而后，我征服脚下的路，仰观黛云出岫、海风飞扬。

　　朵儿，云朵不一定都温柔，"烟花"不一定都绚烂，有时它是个顽劣的魔头。

　　风的天性，是去四海撒野。云的生命，是做一朵轻盈的棉花糖。水稻田的田埂上站着一头牛，黑水牛。它吃草，喝水，仰头看那朵即将绽放的"烟花"，哞哞叫。

　　朵儿，这就是风云变幻的尘世。

八月没有奇迹

八月没有奇迹,生活依旧保持距离。

朵儿不再想念距离之外欢腾的小哥哥、小姐姐。爸爸妈妈都在说,小心,病毒是条龇牙咧嘴的丑八怪。

白亮亮的阳光,白亮亮的口罩。朵儿丢了小伙伴,也丢了水花一样的欢笑。热气腾腾的夏天,草木野蛮生长。

而朵儿蛰伏在家,一个人守着翻了一遍又一遍的绘本,一个人仰望一只又一只跃动的树鸟,自言自语,自娱自乐。七月台风雨,八月蝉鸣天,白亮亮,都是白亮亮。八月没有奇迹发生,无法改变这燥热而惶恐的生活。

凭窗,可以看见风。八月的风在临河的枫杨树下歇凉,偶尔扇两下羽翅,或起身掀起一树枫杨的枝叶,像个年幼的姑娘撩拨额前寂寞的碎发。风是季节的脾气。八月的风不去空阔的乡野,也不去激荡的鸳湖,像条疏懒的虫子,没有脾气,也没有锐气。

窗外临河立着七八株成年的枫杨。成林,成荫,成风水。城里的虫鸟雀跃而来,乘风凉,饮露珠,荡着斜枝玩秋千。趴窗静听,叫声嘹亮的是黑乌鸫,叫声空阔的是灰斑鸠,叫声清脆的是白头翁。四喜鸟不言语,翘起尾巴,把树影抖动得波澜起伏。四喜鸟不是庄严的喜鹊,虽黑白两色,却轻盈而欢喜。欢喜、欣喜、贺喜、有喜,四喜之名比喜鹊可爱。喜鹊登梅叫喳喳,聒噪,高调,博人眼球而已。四喜鸟低声不语,爱在低枝与地面舞动摇摆。四喜鸟跳给谁看?它跳给高兴看。高兴是谁?是孩子嘴里含着的哈哈哈。"小四喜! 小四喜!"朵儿没有玩伴,她喜欢眼前这没有距离的黑白四喜。

四喜鸟是生活的心情,乌鸫是季节的背影。雀鸟们在窗外无所顾虑地延续各自的生命抒情。

知了,没完没了。每一个鼓胀的夏梦皆因蝉鸣破碎。知,知,知,蝉鸣像是白色的巨浪,涌入城市的大街小巷。鸣蝉试图用音量来丈量人与人交往的距离,结果喊出的是自己短得可怜的生命。奔涌的生命抒情,只是将死的哀鸣。

蝉鸣如七月的台风雨，疾驰而下，但终了只是一场短暂的自以为是的生命鼓吹。每一个萎缩的秋梦皆因鸣蝉收尾。了，了，了，秋风黄叶，鸣蝉将如过眼云烟，悄无声息，了无痕迹，影遁于尘世之外。

偶有枫杨叶失足落水，挣扎成游来游去的鱼。叶子害怕水，它在水里看见自己褐黄的影子。枝头那些叶子露出惊恐的眼神，抱紧八月的风，翻滚，奔逃，像童话里一片片衰老的羽毛。

叶子、麦子、果子，都是让人爱怜的名字。枫杨的叶子黄了，朵儿说秋天到了。枫杨的翅果飞走了，朵儿说秋天到了。秋天尚未到来，现在只是八月。季节不曾停顿，鸟雀没有悲伤，朵儿在河边看见的，只是时间起伏的褶皱。

枫杨不言不语，安静得像个绿色的字。我们下楼去那阴凉的字里练习骑车、跑步，歪歪斜斜，气喘吁吁。我们撑伞在下雨的字里来回地走，听雨带来远方的消息，揣摩云朵潮湿的心事。枫杨的翅果悄悄黑熟，我举起朵儿，摘下那饱满的一长串，一颗一颗抛向风里，任由它飞往或明或暗的归途。晴好的夜晚，我们去树下找星星月亮，玩躲猫猫。今晚的月亮肥，足有八两重。今夜的星星瘦，像黑披风上一粒粒银色的纽扣。长庚星来得早，月亮起得迟，它们的身后闪动着无数目光清澈的小伙伴。白天,朵儿与伙伴们保持小心谨慎的距离。夜晚,星月照耀,大家都是亲密无间的孩子。

时有白鹭来河道巡视,有鸽群呼啦啦鼓动安闲的枫杨林。台风天,一只白头翁栽倒在朵儿的眼前。我说它是白头的老翁,衰老,像黄叶一样枯死。我们用枯枝掘个浅浅的洞,把它的来世托付给枫杨。朵儿舍不得,压了一块鹅卵石,说明年春天见。春天不再见,但鹅卵石足以作为今生今世的证据,见证一个幼女与一只白头翁的生死遇见。

我总是遇见灌木丛那只春天的虎斑猫。它松弛而缓慢,光泽不再,勇猛不再。钻车库,翻垃圾,尘世的阴霾黯淡了它的毛色,生活的艰辛拖垮了它的四肢。而它的后代们早已成年,奔跑,攀爬,静守,为肚皮,为伙伴,也为夜色里一声声凄厉的欢悦,一如它们老迈的父亲、母亲、祖父、祖母一样。

八月没有奇迹。一米以外,蚊虫叮咬,蝉鸣渐退。所谓日月,归于静默,无以言说。

灵气之物来自田野

秋渐深，水色、稻色、草色，土黄的秋色在乡野晕染叠加。

城不给好颜色，我们就顺着高架奔向郊外的马家浜。朵儿想象那儿有匹快活的白马，我说那儿还有欢喜的河浜。河浜是什么，我说有野鸭，有芦苇，还有一匹白马喝水。

我们出城去马家浜，寻找一匹白色的马驹。我很难给朵儿解释时间的有与无，只是去看看那片荒芜的稻田，如何又涌动着金色的波浪。河浜、石桥、茅舍，寂静的土地滋养庄稼，也聚集明亮的花草。

我们翻过一座桥，瞬间抵达七千年前。土色的马家浜，稻色的马家浜，七千年后醒来，这里已是水色的江南，浓墨重彩的深秋。

一觉七千年,那梦里得错过多少江湖恩怨和风花雪月?错过檇李之战,错过孙吴帝业,错过衣冠南渡,错过分烟话雨。但,错过又何妨,马家浜人的梦里本就没有刀光剑影。

朵儿不懂历史,她的生命尚处于马家浜文明的早期。一块石头可以成为她的玩具,一只飞鸟可以占领她的天空。秋风,晚霞。泥土,草木。自然的,原始的。我们流连在弯曲起伏的田垄之间,像闲散的风,也像晚归的鹭。朵儿放声尖叫,像只出栏的羔羊。幼儿的蹦跳就是原始的舞蹈,说不出什么风格,但迸溅着生命的欢喜。一高兴就忘乎所以,她忘了出发时的心事——一匹马家浜的白马。我不担心田野磕磕碰碰,坚硬的生活被我们丢在城里。田地之间,皆是柔软。朵儿的腿脚已稳,她天性好奇,她有自己目光所及的美好。

这是什么花呀?那是什么草呀?芒、佩兰、海棠、红蓼、芦荻、构树、万寿菊、马缨丹、一枝黄花……有些是原住民,有些是新居民。而河浜边有几株,我不认识,"形色"软件也说不认识。原野之广,天地之大,万物生来不是为了让人认识的。朵儿于是不再问,懂事的孩子很会照顾人。我的一点草木知识,仅能满足生活所需而已。我与朵儿不是隔着七千年,而是手牵手的两点一根线。

这里的草真好看。是的,好看。这回我不敢再给她解释好看的原因。她的审美标准与众不同。这是野生的草,未经人工选择修饰,定居在这里几千年。

芦苇荡里住着苇莺,河浜里跑着野鸭。两只野鸭在滑水,像孩子打水漂。飘,飘,飘,它们想像云一样飘在天空,又舍不得浜里那招摇的鱼虾和金鱼藻。灰喜鹊总是欢天喜地,加,加,加,它居然叫出我的名字,也许我们是失散多年的亲人,也许是想悄悄透露一些隐藏千年的考古秘密。

霞光照彻,夕阳下山。稻谷、稻田、稻浪,那是一件拂动的金色披风,散发土地的光彩。朵儿晃动发辫,像马鬃一样闪耀生命的光泽。朵儿不知稻和米的关系,她看见水稻比花壮丽,晚霞煮熟了稻米。"甜甜的,你也吃粒吧。"妻剥一粒放她嘴里,朵儿瞪眼觉得惊奇。她们母女俩贴着稻穗,埋头研究稻米。我负责拍照,留下这时光背影里马家浜的滋味。

村庄,村民,连同这片土地上的草木虫鱼,都因马家浜遗址公园的建立而沾染了江南文化的气息。农耕文化、渔猎文化、石器文化、玉石文化,匆匆走过千年,回首,我们走过的皆是历史。稻禾抽穗,稻穗扬花。稻谷碾米,米饭养身。纵使山河千古,禾城这座因禾而生的城池不变。七千年前的土地,七千年后的物种。地表是辛丑年动物们欢喜的印记,地下是庚子年、己亥年、戊戌年植物们的落叶与根须。一年又一年,一层又一层,重复叠加,风雨无阻。

慕名来了许多拍客。蜂蝶为花而来,拍客为马家浜图腾柱下的夕阳芒草而来。人美,美不过草木。城美,美不过山河。美,不是谁都可以发明创造的,离开土地已久的城居者猛地抬头,久违的大美在天地之间。

我无须向朵儿解释,她落在稻田的那枚红纽扣千年后是否会成为文物,我只是领着她,看见留在沟渠边湿湿的脚印,看见马家浜的稻谷涂抹了晚霞的温柔。

走进遗址公园的博物馆,我们去看先民和他们的生活。茅屋,圈舍,稻田,渔猎。骨针,石斧,陶豆,人首陶瓶,三足鸟形盉。这是釜,那是鼎,破釜沉舟的釜,问鼎中原的鼎。这是粳稻,与乡村爸妈田里种的品种一样。我们没让朵儿看那几具俯身而葬的骸骨。朵儿喜欢玻璃展柜里那张小小的脸。双圈大眼,隆鼻大嘴,放声呐喊。那是"兽面器",原始的神人兽面陶器。借着灯光,朵儿喜欢这古朴简陋的小玩意,而我,喜欢朵儿活泼的脸庞,以及闪烁的灵气。

灵气之物来自田野。田野之上,霞光笼罩我们脚下金色的土地。

"城市是过度修饰的原野"，原野是告别已久的故土。

"爸爸，马家浜的白马呢?"回城的路上，朵儿突然想起她的那匹马。"在马路上呢，你看刚刚冲到前面的就是白马，一匹白色的宝马。"我握紧方向盘，紧随嘶鸣的奔马，上高架，汇车流，返回灰暗而坚硬的城池。

一棵落雪的树

　　我居然在冬月的街头发现一棵落雪的树,激动着跑回家,拉上朵儿一起去看。她说:"真的,落雪了。"我们仰望,我们摇晃,我们围着树转圈,多么渴望海蓝的天空能落下几片雪花来。

　　那是一棵立在烟尘里的白乌桕。我们庆幸能在疾驰的路途上相识。见一棵落雪的树,比见一排坚硬的灯杆心欢。

　　冬天的牵挂是雪,那里有洁白的言语和飘飞的欢喜。但雪迟迟不到江南来,立冬、小雪、大雪,一个个飘雪的节气从日历上撕下,我们等来的只有暖冬的迷雾和阴冷潮湿。

　　雪里藏着一种白。雪不到江南嘉兴来,我无法同朵儿解释雪白的白。

一少哥哥当风而立，镜头里哈尔滨飞雪漫天。一朵妹妹盯着视频，惊奇不已："我也要。"哥哥笑着说："那我给你用快递送过来，雪会从天上寄到家里。"于是，妹妹早晚贴着玻璃窗看天，等待雪的消息。兄妹俩是认真的，希望雪也认真一回。

朵儿见过一朵云的白，一朵棉的白，一朵甜的白，终究没领略过一片雪的白。我说那白不是你的，你叫一朵，它是一片。

"大雪"不落雪，冬季不落雪，这在江南是习以为常的事。没有雪不要紧，"大雪"的节气到了，微信里朋友们自发在屏幕的那边为雪举行纪念仪式，纷纷扬扬，热气腾腾。这源自农业文明的节气，行走江南，已然落魄为一种装饰书房的时序册页而已。但没有雪的眷顾，我总觉亏欠三岁的朵儿一点什么。春有梨花，夏有玉兰。秋高云淡，而冬无瑞雪。我欠朵儿一个雪白的季节、一段雪白的时光。见着白色的，我就指指点点："快看快看，落雪了。"窗外的枇杷花是雪白的，勺园的乌桕果是雪白的，南湖画舫溅起的水花也是雪白的。朵儿摸摸我渐白的头发说："快看快看，爸爸落雪了。"

岁末去南门的梅湾踏雪寻梅，已然不合时宜。嘉兴三年无雪,寻来的梅不香。

朵儿说:"我还有雪白的口罩。"病毒让生活变得小心翼翼。我的马拉松赛事,朵儿的童玩节,延期,再延期,直至取消。我想,哥哥的雪来自天意,姑且延期,还不至于取消订单,拒绝发货。

生活可以暂缓,但孩子的成长不可延期。我们避开遮遮掩掩的人群,去空阔的湖滨,在晴好的月夜,遥望湖上夜空,星星点点,恰似莹白的雪。那雪与白在人世之外,不容病毒咬啮。

我们买来天文望远镜,看彩云追月,看星辰大海,看雪从天空来。观星,需要睁一只眼闭一只眼,这对朵儿是个挑战。我们穿越光的隧道,找寻夜空最亮的星。朵儿捕捉到雪白的月亮,兴奋地叫:"哇,好迷人啊!"这是她谙熟的"小鼹鼠摘月亮"式甜腻话语。我凑上去看,雪白,衬着伤痕累累的月坑。妻说,看清楚不见得是好事,需要给孩子保留一点天真的距离。

月,一夜夜爬上来,水汪汪。坑,一天天大起来,灰沉沉。我们一起去电脑上看玉兔号月球车,也看绘本上关于星月的童话传说。

闯入镜头的还有木星、土星和长庚星。大雪节气的西南天文黄道附近,三星连线,像半个透亮圆润的省略号。而上弦的月白嫩,娇羞的脸诱人,那弯弯的身影像个欲说还休的括弧。星月交辉,携手共赴,它们是天地相望的良心。

"它们是撒在天上的雪,像梨花一样白,像眼睛一样亮。"星月的故事足够多,飘在夜空,落进朵儿雪白的梦。一粒雪白的种子在梦里发芽,天亮长出的,也许是俊朗的乌桕树,也许是轻飘飘的白气球。

城里的天越来越糊涂,除了有限的几粒星星肉眼可及,诸多的星光深陷云里雾里。幸好,我们有留守乡村的外婆。外婆家的天,一清二白。冬月里去看,猎户、大犬、狮子、金牛、巨蟹,如约而至。天狼星永远是"冬季大三角"中最闪亮且高傲的王者。它们是天帝后花园里的宠物,它们是朵儿眼里盛大的雪事。我把朵儿举过头顶,她念念有词:"危楼高百尺,手可摘星辰。"我说:"会挽雕弓如满月,西北望,射天狼。"李白与苏轼是幸运的,天高云淡,那时的夜空总是清清白白。

"天是个黑气球,里面住着太阳、星星、月亮……你绕着我,我绕着你,就像爸爸妈妈和你玩转圈游戏。"我只能用她熟悉的游戏指天画地。寰宇天际,深邃,奇幻,无所有,而又无所不有。无所谓时间与答案,神秘与诱惑盘踞其间。

朵儿一会儿看肃静的夜，一会儿看像雪一样飘散的星月，突然捂上惊奇的眼，扑在我的肩上。小女孩害羞了。月亮迷人的眼，让人温暖，让人羞怯。天地圣洁面前，人心总是羞涩敬畏。同住天地之间，视线难以抵达，但心灵无限靠近。孩子无法抗拒，或是无以承受这浩瀚的诗意。

我们时常围着木星和月亮玩追逃游戏，追着雪白的星月跑，跑到它们隐入屋脊后，或是昏暗的枫杨林里。既然不能奔向四方，那就仰望星空。与木星、土星、长庚星一起，在月亮的垂怜下，从东奔向西，从西回到东，一圈又一圈。有星月陪伴，纵使天黑路远，朵儿不孤单、不寂寞。

朵儿出生以来，无白雪眷顾。幸有雪白的星月在夜晚推窗而来，有白雪一般的乌桕树点缀人间。天蓝水净，我们去南湖的勺园、小瀛洲、烟雨楼，那儿有几十甚至百岁的乌桕树。我们仰望它，摇晃它，乌桕树劲拔高耸，蒴果莹白如雪。"大雪"没有雪，我们欣喜地捡拾好几串雪白的乌桕果。捧回家，斜插在床头书架上，满足一个幼儿对白雪的念想。一年半载，直至来年霜寒红叶落，乌桕白了枝头。

万物即是时间，万物皆有光泽。雪落在时间里，也落在雪白里。雪的心里，藏着孩子。孩子的心里，融着雪。与其等待时间的停顿，不如领着孩子，像雪花一样跑起来，向远方,向星空,向着那个圣洁的雪国。

　　冰霜冷,雪花白,一少哥哥的快递迟迟不来。哥哥邀妹妹去看雪,这是他在哈尔滨读书的最后一冬。而因为疫情,他回不了自己的江南,我们也去不了雪的北国。仰望一棵落雪的树,我们只能千里迢迢地想念。

天狗吃剩下的月亮

　　我的生活越来越简单,两点和一条笔直的线。我的朵儿更简单,只有小区这么一个点。一个点,无法把二十四节气连成线。一个点,不给半径,我无法领她出门去画一个温暖的圆。春天,朵儿滞留在楼下,只能看到一条狭长的路面和路面上狭长的天。

　　即使这样,朵儿依然一跳一跳,像只从天而降的四喜鸟。孩子的心像鸟那么轻,振羽,抖尾巴,或是用清脆的喉咙表达对三月的欢喜。鸟的欢喜比树茂盛,孩子的天真比天干净。朵儿比我懂鸟,这是她的眼睛告诉我的。她的眼睛漾着清波,波光里映着和花一样明亮的事物。明亮的树色,明亮的鸟音,明亮的生长。白天,她迷恋枫杨树下几只新生的猫崽和树上绿影里跳跃的乌鸫。她拉我去看人家楼下的海棠，捡花瓣，嗅花香，也央我偷偷摇几下枝条，双手托举花瓣雨的重量。粉色是女孩的颜色，一朵，两朵，朵朵都是蜜一样甜的春梦。外婆从乡下菜园里拔来一根青萝卜，带着土，开着花，紫蓝的花瓣，送给朵儿，种进她日渐冷清的小花盆。种下一株萝卜花，多么有意义。夜晚，她仰头走路，高傲得像个帝国的公主。在城市狭长的空间，仰望是最佳的观星方式。夜色渐深，楼宇威严，高耸的尖顶把小星星们吓得东躲西藏。这栋楼的檐角藏着一粒孤独的星子，那栋楼的屋顶聚集着一团窃窃私语的星群。这样，或隐或现，这儿突然跳出几颗，那儿突然悬着一弯，小星星、小月牙，是朵儿嬉戏的好玩伴。我们把这开发为躲猫猫游戏，朵儿与星月的游戏。

月夜下，还能玩什么游戏呢？朵儿说，影子游戏。影子游戏，那你得有多大面子才能让月亮看清你？春天里，既然不能去勺园看牡丹，不能去鸳湖看柳絮，那我们可以想象曾经发生的美。强劲的想象产生事实，想得美，也是一种美。

成人需要慢下来，向内发现安静的自己。孩子需要跑起来，向外发现鲜活的自然。纵使生活一再被压缩，但发生在春天的生长不能大篇幅删减。

朵儿的眼睛好,下楼喜欢指指点点。你看你看,这里有,那里有,还有,还有。朵儿像是我的眼睛。我不知道天地是否真如她所见,似乎活泼的生灵都是她的玩伴。成人没有朋友会孤独寂寞,孩子没有玩伴会像花一样枯萎泛黄。

近视兼老花,我的眼睛日渐模糊。雾霾和高楼,使城里难有看星空的地儿。城里气多,废气、尾气、闷气、怨气,气焰嚣张。白天不能随地发泄,大家一团和气。待月黑风高,人们不再忍气吞声,长舒一口,像倒垃圾一样,把气倾在黑漆漆的夜里。夜晚的天鼓鼓囊囊,像张因牙龈发炎而肿胀的脸。

睁一只眼闭一只眼,不用装糊涂,我的眼睛本身就糊涂。病毒蛊惑人心,它那戴着王冠的面容狰狞恐怖。朵儿没听过"欲戴王冠,必承其重"的说法,她以为王冠就是王的标配。王冠,只是一个遮掩的帽子,至于真面目,要透过那伪善的金光才能看清。

朵儿眼力好,但心力尚浅。总有一些伪装,专门欺骗孩子。比如,我们在一个月圆的晚上遇见月偏食,也就是天狗要吃月亮。朵儿眼巴巴看,她心疼的月亮被乌云一样的黑狗给吃了。她扑在我肩上,急得要哭。

天狗是谁家的,怎么那么坏?不是说狗狗都可爱吗?

不是说月亮不能吃吗？狗要吃月亮，谁都没办法阻挡。

天狗吃月亮，一点都没剩吗？朵儿问。我说，月亮那么大，当然还剩点。

朵儿突然兴奋起来，那吃剩下的月亮呢？我说，小月牙儿就是天狗吃剩下的。

朵儿终于释怀。日后，每每遇见月牙儿，她总要躲进我的身后，捂脸、静默、等待。她的羞怯，缘起一弯天狗吃剩下的月亮。

小灾难来自偏执，大灾难来自狂妄。朵儿不偏执，也不狂妄，好看的月亮被天狗吃了，她还有一弯浅浅的月牙儿。

而春天的孩子依旧青嫩

豆子熟了,麦子熟了,梅子熟了,茧子熟了。而春天的孩子,依旧青嫩。

四月,朵儿捧回几只蚁蚕。黑、细、丑,像蚂蚁一样弱不禁风,没有一点蠢蠢欲动的虫样。摘片嫩绿的桑叶衬着,多么像一道无辜的伤痕。蚁蚕的委屈,朵儿看得见。王二朵、王三朵、王四朵、王五朵、王六朵,这是朵儿对它们的昵称。我说,那谁是王一朵呢?朵儿没搭理我,她稚嫩的心正被蚕宝当绿叶一样爬着,酥痒,甜脆。

谷雨,立夏,小满,芒种。朵儿守着蚕盒,殷勤地照顾。蚕宝吃在桑叶,睡在桑叶,做的梦都像桑叶一样碧绿鲜嫩。头眠,二眠,三眠,大眠。一场梦,一层皮,不紧不慢,不疼不痒。吃而睡，白而胖。果真有一种"躺平"的人生，逍遥自在，而且蠢蠢欲动。

某天早晨，朵儿焦急地喊，三朵不见了。而纸盒的壁角多出一枚雪白的茧。接下来，二朵、四朵、六朵，也不见了踪影。我说，它们在玩躲猫猫游戏。只剩黄瘦的五朵，孤独地留在人间。它从这片叶下咬出一个月牙洞，慢慢爬上来找她的姐妹，不见。再到下一片叶上横竖推开一扇窗，探出头去寻，依然不见。五朵抬起头，茫然无助。姐妹们把平生最难的一次躲猫猫留给她。两天后，五朵沿着迷宫般缠绕不清的丝路，成功地将自己也隐藏起来。这最后一只茧子与众不同，金橘一样，黄中带点梦幻的金。朵儿意外收获一枚黄金茧。

六只蚕宝躲起来，把猫猫留给朵儿。朵儿不傻，她轻轻地触碰那些雪白的、金黄的小房子，甜糯地说，我知道你们躲在哪里。

朵儿相信自己的眼睛。但眼睛之外，一场惊艳的生命轮回正在上演。

蚕。茧。蛹。蛾。卵。蚕。茧。蛹。蛾。卵。自蚁蚕开始，自春天开始，朵儿的新生刚刚开始。等待，与黄熟的季节一起。飞舞，需要时间的加持。我们有足够的热情，仰望未来,恰如迎接一朵花的到来。

我们翻过文星桥,去鸳湖的揽秀园。那儿没有人,它的
僻静如复古的黑白,足以将不安隔离在尘世之外。四月的
新荷羞涩,蜷缩内卷,不敢把四肢舒展在平静的水面上。它
像个素净的孩子,渴望外面的世界,又害怕风雨来袭。五月
烟雨如雾,水滴像沙漏中逃跑的时间。但没有谁去想象水
滴的声音,是否与一颗流星的坠落有关。朵儿能看见白鹭
掠过蓝色的天,而我,习惯观察鹭鸟的鸣叫如何推开一扇被
遗忘在云端的门。

朵儿喜欢揽秀园的三过亭。亭下有低矮的石洞,钻过
来钻过去,时间被她钻出一个潮湿的窟窿。我们一起数亭
上的飞檐翘角,这比讲苏轼三过报本禅院的故事有趣。苏
轼与文长老,"三过门间老病死,一弹指顷去来今"。这些生
命的诗意距离她太远。一弹指即是千年,千年有多长,我比
画说这时间比园子里董其昌的千字碑还要长。《嘉兴府学
重修明伦堂记》,"郡有学自唐始,学有讲堂自宋始,堂曰明
伦……"朵儿莫名所以,她的眼里没有时间,时间只是一块
竖立的大石头。石马,拴在江南的梅雨中。我扶朵儿上马,
那马一下就从凝止的时间里奔腾起来,裹挟着孩子轻盈的
笑和南方淅沥的雨。

江南潮湿。雨如青丝柳如烟。壕股禅院的宋塔千年坚守，它要凭一己之力，撑起禾城的精神高度。而穿风过雨，七层宝塔被时间清洗得空空荡荡。

文星桥，十九级。我牵着朵儿，走一步歇一步。人生是条无言的长路，走走停停，着眼于脚下，不必急着奔向高处。如果一级是一岁，等朵儿跨过这座明清的石桥，她一定是个风姿绰约的姑娘。

我们去五月的植物园。玉兰低垂、明艳。我们幸运地捡到一瓣，如白玉，如月光。朵儿高高举起，惊喜地说这是一把喝鱼汤的勺子。鱼汤清白，玉兰素净，汤勺原来是一瓣香甜的玉兰花。这是她的诗意发现。我们钻进叶子时期的梅园，青梅挑在头上，滚在地上。朵儿惊呼这做自由落体运动物体的硕大。我托起朵儿，助她一臂之力。她爬上梅枝高处，那儿晃动着清甜的诱惑，像是粉色的果冻，像是乳白的酸奶。

我们在勺园柳树下骑车。丝柳如烟，飞檐翘角，上弦月早早爬上湖蓝的天。

我们在小瀛洲桥头做扑通游戏。丢一块石头进水里，扑通。丢一弯月亮进水里，扑通。那把太阳也丢水里，会怎样呢？朵儿说，扑通。

我们在七月的雨中躲闪。朵儿说，下雨了，下雨了。她的尾音比溪水柔软。不是雨，那是街道上水炮车喷洒的水雾。除尘，降温，岁月的尘埃何曾落定？城里的气温居高不下。

我们跨过时光的门槛，去仓颉祠看重瞳的仓颉，也看涵养颇深的蚂蚁。"天雨粟，鬼夜哭"的传说不适合孩子，但地面三五出行的蚂蚁，总爱停下脚步，仰头张望。它们认识朵儿，它们在议论什么。一只爬行的蚂蚁，极像了一个匍匐的幼儿。嘟着嘴，喔喔哟。朵儿伸出食指与蚂蚁打招呼，蚂蚁顺着细软的指尖向上爬。他们是爬行的同类，他们是前世的伙伴。朵儿喜欢这黑魆魆的小家伙，蚂蚁喜欢这肉嘟嘟的大胖妞。我从不担心这爬行的蝼蚁会欺负朵儿。即使是叫来黑压压的一个团、一个师，量它们也不敢动手动脚。我肃立一旁，威武雄壮。做父亲的骄傲，此时不容置疑。

我的担忧是，朵儿会不会探手去捻，那些娇小的家伙。朵儿，人生于世，亦如蝼蚁，大家本是同病相怜，彼此不能伤害。

玩，那些花呀，树呀，鹈鹕呀，鹌鹑呀，都是可爱的玩伴。玩，有时玩笑，有时玩哭。哭，就哭得响亮、透彻、酣畅淋漓。朵儿撅着屁股，努力去捡路沿下黑亮的鹅卵石。能力以外的努力，难免超出身与心的平衡点，人仰马翻，伤了粉红的脸。朵儿摇晃和企鹅一样的身子，去踩高高的书堆，去追圆滑的乒乓球，滑倒，摔跤，满嘴血肉模糊。对于玩来说，欢喜，疼痛，都是坑坑洼洼的生命中不可预知的一种感受。

我们去外婆的菜园寻蚕豆的耳朵，去鸳湖的三月摇粉艳樱花，去郊野的麦田偷偷拔几穗青芒，去鸳湖的湿地公园，听风过白杨，蛙鸣大地，沪杭铁路的火车疾驰如风。

这一路，像倾泻而来的阳光与月光，亦烧灼，亦温柔。太阳，是清晨叫醒的闹钟。月亮，是入夜安眠的歌谣。朵儿想知道太阳和月亮为什么不能天天见，我说，它们很忙，许多孩子需要照耀。

给生命的礼物，没有什么比阳光好。给孩子的礼物，没有什么比时间好。

阳光不是商品，时间也不是商品。好东西，无价，老天会无偿恩赐。送货上门的不是快递员，是信使，比如星月、田蛙、露珠、绿风、云朵，它们会在一灯如豆时，悄悄把时间送到孩子的身边。

时间于我，是大风吹皱的黄叶，而对于年幼的朵儿，是轻歌曼舞的花瓣。朵儿捡拾在手，把玩不放。朵儿迷恋树叶，银杏、乌桕、玉兰、枫香、马褂等树的叶，光滑，有型，色彩缤纷。不是什么叶她都捡。对于美的鉴赏,是人与生俱来的本能。树叶是时间的语言。朵儿与一棵树,朵儿与二十四节气,朵儿与朵儿喜欢的世界,从此有了一种色彩斑斓的语言。

树叶一片片落,落地悄无声息。时间一页页翻,翻脸就不认人。子、丑、寅、卯、辰、巳、午、未、申、酉、戌、亥。己亥、庚子、辛丑、壬寅。时间不认人,它只认十二生肖。朵儿是只粉色小猪。时间在她浅浅的酒窝里滑行,在她殷红的血脉里奔跑。

我与朵妈在饭桌上议论一个被凶险追赶的夜梦。朵儿问,梦是什么滋味?我说,像雪白的米粥一样软糯,像紫红的樱李一样水嫩。

文艺新实力
NEW FORCES OF LITERATURE

已出书目：

《茶洲记》

《如在》

《小小悲欢》

《县联社》

《在这疾驰的人间》